कृष्णा सोबती

जन्म 18 फरवरी, 1925 को गुजरात के उस हिस्से में हुआ जो अब पाकिस्तान में है। अपनी लम्बी साहित्यिक यात्रा में कृष्णा सोबती ने हर नई कृति के साथ अपनी क्षमताओं का अतिक्रमण किया। 'निकष' में विशेष कृति के रूप में प्रकाशित 'डार से बिछुड़ी' से लेकर 'मित्रो मरजानी', 'यारों के यार', 'तिन पहाड़', 'बादलों के घेरे', 'सूरजमुखी अँधेरे के', 'ज़िन्दगीनामा', 'ऐ लड़की', 'दिलो-दानिश', 'गुजरात पाकिस्तान से गुजरात हिंदुस्तान', 'चन्ना', 'हम हशमत', 'समय सरगम', 'शब्दों के आलोक में', 'जैनी मेहरबान सिंह', 'सोबती-वैद संवाद', 'लद्दाख : बुद्ध का कमण्डल', 'मुक्तिबोध : एक व्यक्तित्व सही की तलाश में', 'लेखक का जनतंत्र' और 'मार्फ़त दिल्ली' तक उनकी रचनात्मकता ने जो बौद्धिक उत्तेजना, आलोचनात्मक विमर्श, सामाजिक और नैतिक बहसें साहित्य-संसार में पैदा कीं, उनकी अनुगूँज पाठकों में बराबर बनी रही।

ज्ञानपीठ पुरस्कार, साहित्य अकादेमी पुरस्कार और साहित्य अकादेमी की महत्तर सदस्यता के अतिरिक्त अनेक राष्ट्रीय पुरस्कारों और अलंकरणों से शोभित कृष्णा सोबती कम लिखने को ही अपना परिचय मानती थीं, जिसे स्पष्ट इस तरह किया जा सकता है कि उनका 'कम लिखना' दरअसल 'विशिष्ट' लिखना था।

निधन 25 जनवरी, 2019 को दिल्ली में हुआ।

आर. चेतनक्रान्ति

उत्तर प्रदेश के सहारनपुर ज़िले के एक गाँव में जन्म। शुरू की पढ़ाई-लिखाई वहीं (गाँव के प्राथमिक और इंटरमीडिएट विद्यालयों में); मेरठ वि.वि. से स्नातकोत्तर।

दो कविता-संग्रह, 'शोकनाच' (2004) और 'वीरता पर विचलित' (2017) प्रकाशित हैं।

कविता के लिए 'भारतभूषण अग्रवाल स्मृति पुरस्कार', 'स्पन्दन पुरस्कार', 'अमर उजाला शब्द सम्मान' और राजस्थान पत्रिका के 'वार्षिक कविता पुरस्कार' से सम्मानित।

सम्पर्क : rchetankranti@gmail.com

रचना का गर्भगृह

कृष्णा सोबती

संकलन-सम्पादन
आर. चेतनक्रान्ति

राजकमल पेपरबैक्स

राजकमल पेपरबैक्स में
पहला संस्करण : 2023

राजकमल पेपरबैक्स : उत्कृष्ट साहित्य के जनसुलभ संस्करण

राजकमल प्रकाशन प्रा.लि.
1-बी, नेताजी सुभाष मार्ग, दरियागंज
नई दिल्ली-110 002
द्वारा प्रकाशित

शाखाएँ : अशोक राजपथ, साइंस कॉलेज के सामने, पटना-800 006
पहली मंजिल, दरबारी बिल्डिंग, महात्मा गांधी मार्ग, प्रयागराज-211 001
वेबसाइट : www.rajkamalprakashan.com
ई-मेल : info@rajkamalprakashan.com

बी.के. ऑफसेट
नवीन शाहदरा, दिल्ली-110 002
द्वारा मुद्रित

मूल्य : ₹250

RACHNA KA GARBHGRIHA
Notes and reflections on self by Krishna Sobti
Edited & Compiled by R. Chetankranti

ISBN : 978-93-94902-88-6

कुछ शब्द

इस किताब में कृष्णा सोबती की उन पंक्तियों को सहेजा गया है जो उन्होंने अपने लिखे हुए के बारे में, अपने लिखने के बारे में और बतौर लेखक अपने बारे में लिखी हैं।

यह आश्चर्य है कि 'लेखक के कमरे', 'लेखक की मेज़', 'लेखक की क़लम' और 'लेखक के काग़ज़' जैसी अवधारणाओं को अत्यन्त ठोस चीज़ों की तरह जीने वाली कृष्णा जी की रचनात्मक कृतियों के बीच लम्बे-लम्बे वक़्फ़े आते हैं। अपने 'लेखक के कमरे' में अपनी 'लेखक की मेज़' पर, 'लेखक की अपनी क़लम' लेकर वे रोज़ अच्छी क्वालिटी के काग़ज़ों के साथ बैठती थीं। उस समय जब आमतौर पर सब लोग सोनेवाली हरकतें करने लगते थे; उनका 'रचना दिन' शुरू होता था—दस या ग्यारह बजे; जो अगले दिन सुबह चार बजे तक चलता था।

आजीवन वे इसी रूटीन पर रहीं। अपने कमरे में मेज़ पर बैठना, कुछ भी लिखना और पढ़ना, यह उनकी दिनचर्या का अनिवार्य हिस्सा था।

फिर भी उन्होंने उतना नहीं लिखा, जितना इस रूटीन को फॉलो

करनेवाला कोई भी लिख देता। यह किताब इस पहेली पर रोशनी डालती है। एक जगह वे लिखती हैं :

> आप बाट जोहते हैं। आहट सुनते हैं उस पाहुने की जो अपने घर से चल चुका है।...इन्तज़ार। प्रतीक्षा करनी होगी। रचना कभी चुपचाप ही कुर्सी के पीछे आ खड़ी होती है और कभी दशकों मुँह नहीं दिखाती।

ये है वह सूत्र जिससे हम इस पहेली को समझना शुरू कर सकते हैं। वे लेखक हैं लेकिन जल्दबाज लेखक नहीं। उन्हें जीवन से ज़्यादा नहीं जीना है; महत्त्वाकांक्षा से, अमरता की लालसा से, या साहित्यिक राजनीति की चुनौतियों से आक्रान्त-उत्तेजित होकर नकली और जुटाए हुए अनुभवों को नहीं लिखना है।

उनका हर क्षण लेखकीय है। दिन में ग्यारह बजे जगकर अगले दिन के चार बजे सोने जाने तक। इस पूरे दौरान भी वे सिर्फ़ लेखक होती हैं—टीवी देखते हुए, अख़बार पढ़ते हुए, किताबें पढ़ते हुए, फ़ोन पर लोगों से बात करते हुए, और अपने एकदम आसपास की दुनिया से इंटेरेक्ट करते हुए।

उनकी पक्षधरता स्पष्ट थी। वे प्रगतिशील मूल्यों की हामी थीं, राजनीतिक सजगता, व्यक्तिगत ईमानदारी और लेखक होने की एक बाहरी-भीतरी नैतिकता से बँधी हुईं। वे रोज़ तीन अख़बार पढ़तीं—'द हिन्दू', 'टाइम्स ऑफ़ इंडिया' और 'जनसत्ता'। जब उनकी आँखें बहुत ज़्यादा छोटा पढ़ने में सक्षम नहीं रहीं तब भी इन अख़बारों के सम्पादकीय वे ज़रूर ही पढ़तीं—लेंस से। बाक़ी ख़बरों के लिए टीवी देखतीं—या आँखें बन्द कर सुनतीं।

हर समाचार पर उनकी प्रतिक्रिया होती थी। जिन ख़बरों से उन्हें लगता कि समाज पर, देश की बुनावट पर, भविष्य पर कोई दीर्घकालीन असर पड़नेवाला है, उस पर वे लिखतीं। अकसर लिखकर रख देतीं। लेकिन अगर उन्हें लगता कि हस्तक्षेप ज़रूरी

है तो वे जल्द से जल्द किसी न किसी अख़बार या पत्रिका में उसे प्रकाशनार्थ भेज देतीं।

यह बहैसियत लेखक उनका अपने वक़्त पर निगाह रखने का तरीक़ा और सलीका था। वे मानती थीं कि लेखक का काम सिर्फ़ साहित्य-सर्जना नहीं है। आपने समाज और देश के प्रति अपने नागरिक कर्तव्यों को निभाना, उन्हें सक्रिय तौर पर कार्यान्वित करना भी 'लेखक होने' का हिस्सा है। नर्मदा आन्दोलन में अपना स्वर मिलाने के लिए उन्होंने महामहिम राष्ट्रपति को पत्र लिखे और सार्वजनिक मंचों से उन्हें पढ़ा भी, प्रकाशित भी कराया।

वे अपने आपको 'लेखक नागरिक' के रूप में चीन्हतीं। इसे ही अपनी एकमात्र पहचान बतातीं। उनका ज़ोर होता कि उनका स्त्री होना उनकी इस पहचान में न तो कुछ जोड़े, न उसमें से कुछ तराशे। उन्हें 'महिला लेखक' या 'स्त्री कथाकार' या 'लेखिका' कहलाए जाने पर सख़्त ऐतराज़ था—इतना सख़्त कि इसके लिए वे बाक़ायदा सक्रिय विरोध व्यक्त करती थीं। 'स्त्रीवादी' के खाँचे में रहना भी उन्हें पसन्द नहीं था। 'मैं एक लेखक, नागरिक, एक व्यक्ति'—वे अकसर कहा करती थीं।

यह सब कहने का उद्देश्य यह बताना है कि उनके लिए लेखक होना लिखने की मशीन होना नहीं था, वह एक बड़ा पसारा था, एक बड़ा मोर्चा जिस पर हर क्षण सन्नद्ध रहना होता है; और मेज़ पर होकर लिखना उसका एक हिस्सा-भर था।

वे बरसों उस क्षण का इन्तज़ार करती थीं, जब कोरे काग़ज़ पर वह पहली पंक्ति उतरे, जो अपने आपको एक कृति तक ले जाए।

इस किताब में बार-बार आप यह पढ़ेंगे कि एक सार्थक पंक्ति का इन्तज़ार बरसों तक करना होता है और अचानक किसी क्षण वह 'शब्दों की गूँथ' बनकर आपके दिल या दिमाग़ से काग़ज़ पर उतर आती है।

उनके लिए यह लगभग एक रहस्यमय प्रक्रिया थी। मेज़ पर

बैठने के बावजूद वे कभी सिर्फ़ इसलिए किसी किताब पर काम नहीं करने लगती थीं, कि उनका काम लिखना है। लेकिन जब कोई रचना उनके दिल-दिमाग़ पर दस्तक देती, तो वे लगातार उसमें जुटी रहतीं।

उनके साक्षात्कारों और अन्य लेखन से भी, बार-बार हमें पता चलता है कि वे किसी भी लिखत के तीन ड्राफ़्ट करती थीं; तत्पश्चात उसे सस्वर पढ़ते हुए अपने आपको सुनती थीं। आश्चर्यजनक लगता है कि 'ज़िन्दगीनामा' जैसे लम्बे उपन्यास का पाठ भी उन्होंने इस तरह किया। वे बताती थीं कि इसी पाठ-प्रक्रिया के दौरान उन्होंने कई बार कुछ महत्त्वपूर्ण फेरबदल भी किए।

लेकिन ज़्यादातर उपन्यास उनके उतने लम्बे नहीं हैं; 'मित्रो मरजानी' और 'ऐ लड़की' को उन्होंने कुछ ही बैठकों में लिखा। दूसरी तरफ़ 'गुजरात पाकिस्तान से गुजरात हिन्दुस्तान' ने उनका लगभग एक दशक लिया।

अपनी लेखन-प्रक्रिया के अलावा, बतौर लेखक वे समाज के बीच अपने आपको किस रूप में देखती हैं; बतौर नागरिक उनकी लेखकीय चिन्ताएँ क्या हैं; भाषा, साहित्य और संस्कृति से जुड़े विभिन्न मुद्दों पर वे कैसे सोचती रहीं, इस पर भी उन्होंने अकसर लिखा। वे आलेख भी इस पुस्तक में लिये गए हैं।

कुछ आलेख उन्होंने लेखक के दायित्व और उसकी भीतरी ईमानदारी को रेखांकित करते हुए लिखे, वे भी इसमें हैं जिनसे उनकी रचना-प्रक्रिया पर और रोशनी पड़ती है।

परिशिष्ट में 'ज़िन्दगीनामा' को लेकर चले मुक़दमे के सम्बन्ध में उनके अपने नोट्स को लिया गया है। यह मुक़दमा 28 साल चला था; इससे जुड़े इस विवरण को उन्होंने स्वयं लिखा था।

'हशमत' साधारण शब्दों में कहें तो उनका एक तख़ल्लुस था, जिसके साथ वे अकसर अपने कथेतर वृत्तान्त लिखा करती थीं; और समकालीन मुद्दों पर टिप्पणियाँ करती थीं। इसी नाम से उन्होंने चार पुस्तकें लिखीं जिन्हें हम 'हम हशमत' के नाम से जानते हैं। लेकिन

'हशमत' के व्यक्तित्व को वे जिस तरह चाहती थीं कि साहित्य-समाज देखे, वह सन्तोषजनक ढंग से शायद नहीं हो पाया। वे इसे अर्द्धनारीश्वर की अवधारणा से जोड़कर देखती थीं। वे बताती थीं कि हशमत होकर लिखते समय न सिर्फ़ उनके बैठने की भंगिमा अलग हो जाती है बल्कि उनका हस्तलेख तक बदल जाता है।

यहाँ इस विषय पर लिखा उनका एकमात्र आलेख 'होना हशमत का' भी शामिल है जिसे उन्होंने अंग्रेज़ी में 'Being Hashmat' शीर्षक से लिखा था।

उम्मीद है, यह किताब कृष्णा सोबती के 'लेखक' की संरचना को जानने में पाठकों के लिए मददगार साबित होगी।

—आर. चेतनक्रान्ति

क्रम

रचना और रचनाकार

सर्जक की निर्मल और निर्मम आँख पाना लेखक के लिए अनन्त का पुरस्कार है। धड़कते मानवीय तन-मन में हम अपने आन्तरिक के स्पन्दन को छूते हैं। उसे शब्दों में पहचानते हैं। अर्थों की लय में बाँधते हैं। बाहर के कोलाहल को निज के एकान्त में और अनकहे आत्मिक को सामाजिक शोर में ढालते हैं।

विस्मयकारी होता है वह क्षण जब अज्ञात अनजान रहस्यमयी निकटताएँ और दूरियाँ इस लोक की आहटों को चुनती-बीनती हैं और पंक्तियों में गूँथ लेती हैं। ज़िन्दगी को टुकड़ों-टुकड़ों में प्रतिध्वनित करती हैं, उस संवेदन में जो इस लोक की धड़कती लिपि है। मानवीय सम्बन्धों की गरमाहट दु:ख-दर्द की एकान्तिक पीड़ा और बेहतर ज़िन्दगी के लिए किए जा रहे संघर्ष की जीवट-भरी गाथा।

हम जितनी बार जीवन को रचना में गूँधते हैं—शब्द और स्मृति के पुण्य को लिखित में सुरक्षित करते हैं, उतनी बार मानवीय अस्तित्व के सम्मुख नमन होते हैं। शब्द संस्कृति से जुड़े पुरोधा-पूर्वज-प्राचीन, अपने समकालीन और अपने आगे की पीढ़ियों के नए ताज़े रचनाकार भी उस चैतन्य को तरंगित करते हैं जो साहित्य की साझी सम्पदा है। थाती है। रचनाकारों की यह अटूट

कड़ी है। सदियों और दशकों के आसपास फैले साहित्यकार एक दूसरे को छू पाते हैं क्योंकि शब्द हैं। पाठ को दोहराने को स्मृति है। आँखों के आगे घटित हो रहा वर्तमान हक़ीक़त है। उसका यथार्थ है। हमारा प्राणवान अन्त:करण स्वयं अपना साक्ष्य चुनता है। उसे भाषा में बुनता है और इस देह की नश्वरता को आत्मा के अमरत्व में पुन: जागृत करता है। हम हैं क्योंकि शब्द हैं। शब्द हैं क्योंकि अभिव्यक्ति है। अभिव्यक्ति है क्योंकि भाषा है। भाषा है क्योंकि विचार है। मानवीय प्रज्ञा को विवेक का संस्कार है क्योंकि सोचने-समझने और बूझनेवाली इनसानी इकाई को बुद्धि का वरदान है।

रचनाकार स्वयं रचना नहीं। रचना भी अपने होने में रचनाकार नहीं। फिर भी इन दोनों को एक दूसरे से अलग करना सम्भव नहीं। लेखक में अनुभव और अन्तर्दृष्टि की कमी सबसे पहले रचना को खटकती है। रचना ही लेखक की आँखों में झाँककर सख़्ती से पूछती है—कहीं ख़ून की कमी तो नहीं हो गई! हड्डी तो कमज़ोर नहीं! सच तो यह कि लेखक की मानसिक सेहत और पुख़्तापन से रचना बराबर नत्थी है।

जिया हुआ, अनुभव किया हुआ, पहले हाथ का माल बेशक़ीमती है। महज़ जानकारियाँ और सूचनाएँ अनुभव नहीं होते। अनुभव मानवीय इकाई का ताप है और विशिष्ट है। इसी से उपजता है रचना को आलोकित करनेवाला आलोक। आप बाट जोहते हैं। आहट सुनते हैं उस पाहुने की जो अपने घर से चल चुका है।

इन्तज़ार। प्रतीक्षा करनी होगी। रचना कभी चुपचाप ही कुर्सी के पीछे आ खड़ी होती है और कभी दशकों मुँह नहीं दिखाती।

लेखक अपने में रचना के लिए गर्भगृह समादृत करता है। रचना से जुड़ी उसकी आंतरिकता को, आत्मीयता को, शक्ति से एकत्र करता है। सहेजता समेटता है। उसे ही प्रत्याशित को अव्यक्त और अमूर्त को व्यक्त करना होता है। रचना की अपनी धूपघड़ी होती है जो किसी भी संयोजित समय से अलग होती है।

रचना की पहली पंक्ति दूरगामी परिणाम सँजोए रहती है। उसमें निहित होता है वह संवाद भी जिसका शुरुआती आभास लेखक अपनी ही पंक्तियों से

लेता है। ऐसे में पन्ने पर पंक्तियों का अस्तित्व लेखक से अलग हो उठता है। इन दोनों के बीच फैली क्रमबद्ध शुचिता रचना की जन्मजात दीप्ति है। उसका ताप है। उसकी गरमाहट है।

रचना में से उभरता उसका अपना सौन्दर्य उसकी सारवत्ता ही उसकी गुणात्मकता है। वही उसे समतुल्यता और व्यापकता प्रदान करती है।

अपने संवेदन-विशेष से लेखक उस तनाव को भी व्यक्त करता है जो लगातार उसके आसपास, अन्तर-बाहर बना रहता है। उसे घेरे रहता है। इसका सामना करने को मानवीय सम्बन्धों की मैत्री, विषमता और दुश्मनी से उसे स्वयं भी निपटना पड़ता है। जब वह रचना पर तैनात है तो हर क्षण, हर क़ीमत पर उसे तत्पर रहना होता है, अपने लेखक को याद रखने के लिए या भूल जाने के लिए। कृतिकार एक निमित्त है। बहाना मात्र।

अन्तर्द्वंद्व और अन्तर्विरोध को पहचानने के लिए स्थितियों का मूल भूगोल, उनसे जुड़ी सीमाएँ, ऊँचे-नीचे स्थल मापने ज़रूरी हैं। मात्र कल्पना की उड़ान से आप उन्हें ज़िन्दा नहीं कर सकते।

विस्मयकारी होता है वह संयोग, वह क्षण जब हाथ दिमाग़ से सोचता है, दिमाग़ त्वरित गति से तरंगित करता है कि हाँ यही। यही चेष्टाबोध इन्हें एक-दूसरे की ओर सरकाकर—एक साथ एक पंक्ति में खड़ा कर देता है। एक विचार एक पंक्ति एक व्यक्तित्व। देखें तो बाहर के दृष्टा जगत की संरचना भी मन की भीतरी दुनिया में अपनी सारी विपुलता और विविधता के साथ अंकित होती है। ठीक अन्तर की रहस्यपट्टी की तरह जहाँ विचार-रंग-रूप-भाव-अनुभाव अपने सहसम्बन्धों में प्रत्यक्ष होते हैं।

समय ही वह रंग है जो अनेक-अनेक रंगों के सम्मिश्रण से उभरता है, टुकड़ों-टुकड़ों में विभाजित होता है और गहरे, हलके और चमकीले रंगों में हमारी स्मृति को खटखटाता है। स्वयं शब्द उसे अपने आत्मिक आलोक से उजराते हैं। उजाला लिखित का। शब्द, भाषा का शोर नहीं। वह भाषा के स्पन्दन के साथ-साथ अर्थ को थामे रहता है। अपने मनचाहे और मनमाने करतब से नहीं, उसकी रचनात्मकता में उसे तरंगित करता है।

आनन्द, अत्यानन्द, उत्साह, उदासीनता, अतिरेक, आवेश सभी लेखक

के भाषायी विधान को प्रभावित करते हैं। अतिरंजित, अतिरिक्त, अलंकारी शब्दावली-भाषा पाठ के सुथरेपन में व्यवधान डालती है।

भाषा की संयमित चुनौती स्पष्ट और घुलनशील होकर ही विचार की सघनता को बरक़रार रखती है। विचार, संवेदना, द्वंद्व, जो भी रचना में घट रहा है वह किसी स्वप्न-स्क्रीन की तरह चेतना और चित्त-शक्ति से आँखों के आगे दृश्य और दृष्टा को प्रस्तुत करता चला जाता है। ठीक इसके विपरीत सीमित अल्पदृष्टि, अनुभव की न्यूनता या दुर्बल दक्षता की नाटकीयता भी इसे ओझल नहीं कर सकती। लेखक की यह सबसे बड़ी और सबसे कड़ी परीक्षा है।

विचार की सर्जनात्मक प्रस्तुति शब्दों के सतही हवालों से नहीं—संस्कार और सहज की टकराहट और मुठभेड़ से उपजती-उभरती है। लेखक इस कशमशम से संकेत लेता है और अपने को गौण रखता है। आपसे बाँट सकती हूँ वह क्षण जब लिखने वाला लेखक नहीं रह जाता, लेखक हो उठती है रचना। कितना दुर्लभ और कितना ख़तरनाक! जिस दिल-दिमाग़ में रचना स्थित है, वही अनुपस्थित हो जाता है।

दिलचस्प है यह सोचना भी कि आख़िर लेखक की हस्ती क्या है!

क्या वह मात्र लेखक है?

कि कुछ और होने के साथ-साथ लेखक भी है?

क्या वह लेखक ही है?

हक़ीक़त यह कि लेखक की शख़्सियत में, व्यक्तित्व में बहुत कुछ आ जुटता है। वह लगातार कुछ न कुछ इकट्ठा करता चला जाता है। और बरसों के वक़्फ़ों के कबाड़ से इस माल को छानकर साफ़-सुथरा पारदर्शी आब बना लेता है।

अपनी बात सोचूँ कि क्यों लिखती हूँ? कैसे लिखती हूँ? और कब लिखती हूँ? तो संकोच से कहना होगा कि कम लिखती हूँ और सिर्फ़ तभी लिखती हूँ जब गहरे पैठकर कुछ खोज लेने का वक़्त आ जुड़े। लेखक के पास ढेरियाँ नहीं ढेर होते हैं।

मान लेना चाहूँगी कि भाषा की ज़रूरत सबसे आख़िर में आती है। रचना

का अपना संसार, संस्कार उसे तय करता है। यह लेखकीय सामर्थ्य का दम्भ नहीं, सीमाओं का बोध है।

आप लेखकीय व्यक्तित्व के ठस्से से सोच रहे हैं कि आप यह करेंगे, आप वह करेंगे। और कहीं वह दूसरे पन्ने पर उभरती पंक्तियों में—अपनी सत्ता में, अपनी संज्ञा में, अपनी अस्मिता में, मज़बूती से अड़ा है, खड़ा है पन्ने के किनारे—आप अब नम्बर दो हैं। एक नम्बर पर वह जिसकी यह कथा है, जिसका यह दर्द है, जिसका यह मर्म है। अब मेरे लेखक का धर्म यह है कि मैं अपनी औक़ात पहचान लूँ।

मैं रचना की भाषा में लेखकीय हस्तक्षेप नहीं करती। मैंने इसे साधा नहीं—वक़्त के साथ सीखा-भर है। मुलाहिजा हो 'ऐ लड़की' से एक टुकड़ा।

> --बात सुन लड़की, अपनी समरूपा उत्पन्न करना माँ के लिए बड़ा महत्त्वकारी है। पुण्य है। बेटी के पैदा होते ही माँ सदाजीवी हो जाती है। वह कभी नहीं मरती। हो उठती है वह निरन्तरा। वह आज है, कल भी रहेगी। माँ से बेटी तक। बेटी से उसकी बेटी तक। अगली बेटी तक। अगली से भी अगली। लड़की, यही बेटी सृष्टि का स्रोत है।
>
> —अम्मू पिता की प्रशंसा में भी तो कुछ कहें।
>
> —पिता की प्रशंसा भला क्या कम। इनसान के बच्चों में दौड़ता है लहू पिताओं का ही। पिता की अपनी स्तुति। देवी तमसा का भगत। कुदरत के नियम देखो। पिता को सत्ता सामर्थ्य दी मनुष्य का अंश प्रदान करने की और काया घड़ने में उसे बाहर रख दिया। पिता बाहर खड़ा रहता है और माँ अन्दर बच्चा जनती है। इसी से माँ जन्नी कहलाती है। वही अपने तन-मन में बच्चे की काया उगाती है।
>
> —अम्मू आप तो किताबों से बोल रही हैं।

—लड़की तुम्हारी माँ ने पतंजलि नहीं पढ़ा तो क्या हुआ।
विद्या सुनी जाती है। देखी जाती है और जी भी जाती है।

किसी भी सृजनात्मक रचना में अगर सोच नहीं, ज़िन्दगी को समझने-महसूस करने के आग्रह नहीं, तो मात्र शिल्प के बल पर कोई जीवन्त रचना उभारी नहीं जा सकती। सत्य की खोज और मूल्यों की शिनाख़्त कर उन्हें साहित्य में स्थापित करना जीवन और कला के सन्दर्भ में दो हिस्सों में नहीं बँटा है। एक होकर ही वह व्यक्ति के, समाज के व्यापक सत्य को प्रस्तुत करता है। जीवन के किसी छोटे-बड़े टुकड़े को स्थिति को, घटना को सिर्फ़ कलात्मक क्षमता से, शिल्प से प्रस्तुत भर कर देने से कालजयी साहित्य नहीं गढ़ा जा सकता। साहित्य को तो उगना होता है रचनाकार की आत्मा में।

लेखक रचना के माध्यम से मानवीय मन की गहनतम भावनाओं का अंकन करता है। मन, तन की निगूढ़तम पहेलियों का विश्लेषण करता है। उसका काम शब्दों को पहचानना है। उनके मुखड़ों को, घरानों को जानना है। उनकी थाह मापना, अर्थों की साख जाँचना है।

हर शब्द का एक जिस्म, एक रूह, एक पोशाक होती है। ये सब मिलकर ही एक जीते-जागते ज़िन्दा विचार को वहन करते हैं। किसी भी खरे लेखक के सम्बन्ध भाषा और शब्दों से केवल सरसरी नहीं होते। उनका सगापन, टिकाऊपन, उनके अर्थों की गूँज, लय और सम्प्रेषण उनके संयोजन में जज़्ब होता चला जाता है। लेखक शब्दों के बाहरी आवरण, देह और आत्मा के अलग-अलग स्वरूपों को समान भाव से चाहता है। प्यार करता है।

रचनाकार के निकट कोई भी अनुभव या तो उसके परिवेश से उभरकर उसके अन्तर की ओर सरकता है या उसके संवेदन में दुबकी हुई कोई अनुभूति अचानक बाहर की ओर लपकती है। कुलाँचें भरती है। इसी प्रक्रिया में अन्तर्मन और बाहर के यथार्थ से एक रिश्ता जुड़ता-उभरता है और समूचा अनुभव एकबारगी नया होकर स्वतंत्र रूप धारण कर लेता है।

लेखक का वजूद

लेखक की तटस्थ नि:संगता या उसके अवचेतन का गहरा रसाव जब अनुभूति को अंकन के क़रीब लाता है, तो जिया हुआ अनुभव मथकर उसकी दृष्टि को एक साथ निखार और तराश देता है। अगर ऐसा नहीं होता, तो लेखक के अपने आग्रह मूल्य और सत्य बन जाने की उतावली में आधा सच और आधा झूठ बनकर रह जाते हैं। लेखक अपनी धारणाओं के अनुरूप ही रचना की बनावट और बुनावट बुनने लगता है। एक ख़ास दृष्टिकोण से चीज़ों को देखने या ज़िन्दगी को पढ़ते रहने से लेखक की ईमानदारी में हेर-फेर होने लगते हैं। ये रद्दोबदल जब बुनियादी सोच पर हावी हो जाता है, तो कम ख़तरनाक साबित नहीं होता।

सत्य, तथ्य और कलात्मक मूल्यों पर शिल्प का मनमाना दम्भी दबाव किसी भी सजग क़लम को महँगा पड़ता है। वह लेखक को माप डालता है। यहीं पर अच्छे लेखक के लिए निर्वैयक्तिक और निरपेक्ष दृष्टिकोण उसके लेखन-कर्म से भी ज़्यादा अहम हो उठते हैं। किसी भी तरह की पक्षधरता जहाँ लेखक की वयस्क टटोल को सक्रिय करती है, वहीं वह जीवन से जुड़े-घिरे लोकतत्त्वों के स्वीकार के आड़े भी आती है। भिड़न्त, बहिष्कार और समझौतों के राजनीतिक आशय एक हैं और इन्हीं से अटे पड़े जीवन के परिचित पक्ष के उत्तेजनाहीन

सन्दर्भ कुछ दूसरे। सच तो यह है कि लेखक को इन दोनों में शरीक होना है। शरीक रहना है, महज़ तमाशबीनी के लिए नहीं बल्कि इसलिए कि लेखक पूरा वक़्त अपने होने की हैसियत से अपने से जुड़ा है। समाज से जुड़ा है। उसकी अभिव्यक्ति का स्रोत वही है। उसकी तलाश की मंज़िल भी। लेखक के पास अगर देने के लिए कोई वक्तव्य है, तो वह वक्तव्य केवल मात्र उसका नहीं, उसकी रचना से जुड़े दूसरे साझीदारों का भी है। दूसरों की ओर से दूसरों के निमित्त। लेखक अपने आप में किसी विशिष्ट इकाई का प्रतीक नहीं। वह दूसरों के होने से लेखक है। वह रचनाकार है, तो रचना का पात्र भी। शिल्पी और पाठक भी। वह सभी को अपनी आत्मा की विभिन्न दिशाएँ मानकर जीता है।

सच तो यह है कि कलाकार को, लेखक को, हर यात्रा में, टुकड़ों और समग्रता में, अन्दर और बाहर के अधूरेपन और समूचेपन में बार-बार लौटकर आना होता है। शायद इसी इम्तिहान के लिए लेखक लेखक है। नश्वरता का गहरा दर्द जो इनसान की धमनियों में बराबर बहता आया है, और एक दूसरा जो हमारे बाहर यहाँ-वहाँ सब कहीं बिखरा है—लेखक इन दोनों में से किसी एक से परिचय घटा-बड़ा सकता है, पर यक़ीनन किसी एक पर आँखें मींचकर उसे अपनी चेतना से ग़ायब नहीं कर सकता।

अगर ऐसा करे तो उसका समूचापन विभाजित होगा और उसकी आत्मा के साथ-साथ उसकी आँख बँट जाएगी और यह स्थिति अंग-भंग से कम गम्भीर नहीं। अन्दर से बाहर और बाहर से अन्दर तक का संवाद किसी भी मूल्य पर लेखक को जारी रखना है। यही लेखक के ज़िन्दा रहने की एकमात्र शर्त है। सोच के स्तर पर परम्परा, घिसी-पिटी नैतिकता और धर्म-अनुष्ठान के खूँटों से बँधी आस्थाएँ भी जीवन को पहचानने में असमर्थ रहती हैं। क़ानून की सचेत दृष्टि भी इससे बाहर नहीं। व्यक्ति और व्यक्ति, व्यक्ति और समाज, समाज और सत्ता के सन्दर्भ में क़ानून की बारीक-से-बारीक परिभाषा अपने तीखे पैनेपन और विस्तार में निरपेक्ष होते हुए भी एकतरफ़ा होकर रह जाती है। क़ानून का अपना व्याकरण है, जो सख़्ती और मज़बूती से अपनी ही चौखट में कसा-बँधा है। साहित्य की सीमाएँ इन सबसे बड़ी हैं।

साहित्य की सीमाएँ क़ानून की हदों से कहीं बड़ी और विस्तृत हैं। तासीर

में कहीं ज़्यादा लचीली और संवेदनशील भी। इनसान की अस्मिता और गरिमा के पक्ष में साहित्य समय और काल से भी बड़ा हो उठता है। इतिहास के प्रभुत्व से भी। साहित्य ही इनसान की नियति को उसके संघर्ष और सपनों को सँजोने की सामर्थ्य रखता है। उसका आकलन इतिहास के सम्पन्न ब्यौरों से कहीं ज़्यादा गहरा और मुकम्मल है। साहित्य की सीमाएँ देश-काल के परिवर्तनों को अपने में समेटती चली जाती हैं और रेखांकित करती रहती हैं—सुख-दुख, हर्ष-विषाद को, जो मानवीय अस्तित्व में गुँथे-बुने हैं। वे बराबर व्यक्ति-समाज और वर्ग-व्यवस्था की टकराहटों में से उभरकर समय को चुनौती देते हैं और जीने के लिए उकसाते रहते हैं। यही वह तार है, जो हमारे अतीत और भविष्य को हमारे वर्तमान से जोड़े रखता है। उस बोध को भी जो निरन्तर नश्वरता के आतंक तले अपने को क़ायम रख सकने की कोशिश और कशमकश में मौत के हाथों भी जीत जाता है, ज़िन्दा रहता है।

आलोचक और विद्वान हम लेखकों से कहीं ज़्यादा गहराई से जानते-बूझते हैं कि कृति, कृतिकार और कृतित्व लेखकीय मनोभूमि और उसके भावजगत को मर्यादित करते हैं।

यदि यह तीनों अपने-अपने सृजित स्थापत्य में एक दूसरे से सही दूरी पर स्थित हैं—इतनी दूरी पर कि एक दूसरे की रेंज के बाहर न जा सकें, इतने नज़दीक भी न हों कि एक दूजे पर हावी हो जाएँ। ऐसे में तीनों की गहरी गूँथ सुरक्षित रहती है।

इन तीनों का सन्तुलित घनत्व और सम्मिश्रण एक ऐसा अदीखता रसायन है जो कृति को स्पन्दित करता है। शब्दों में धड़कता है। पंक्तियों में सरकता है और पाठ के मौन में गोचर होता है। जाने वृत्तान्त में संवाद में कौन-कौन से प्रभाव, भाव, अनुभाव, प्रत्यक्ष और अप्रत्यक्ष, रचना के प्राण की तरह प्रवाहित होते हैं। शब्दों के पिछवाड़े से मौन की वैचारिक ख़ामोशियों में व्यक्त होते हैं।

अपने और अपने में दूसरों के होने की प्रतीति और दूसरों में अपने को

अपना व्यक्ति समझकर पहचानने की समझ अपने को दूसरों में ढूँढ़ने की ललक—यही है इस लोक की परिक्रमा, बार-बार ओझल हो जाने के बाद भी बारम्बार। भला इसे 'माया' के नाम से क्यों पुकारा गया! सम्बन्धों के स्वीकार और इनकार, दोनों में से हम क्या-क्या ढूँढ़ते हैं, कितना पाते और खोते हैं—अपनी निजता में क्या-क्या गढ़ते-घड़ते हैं—इसलिए कि अस्तित्व के भूगोल और इतिहास, दोनों दो छोरों पर आर-पार फैले रहें। नहीं, इतना ही नहीं। इसलिए भी कि यहीं और यहीं, इसी लोक में जीवन की मृत्यु से मुखामुखी है। टकराहट है। भिड़न्त है। इसी लोक में। फिर भी विस्मयकारी है कि न सिर्फ़ आरम्भ ही शुरुआत है और न अन्त ही मात्र अन्त है। जी सकना ही इसका शुभ है। इसका परम है। इसकी परिणति है।

मित्रो, जो कह रही हूँ—वह सिर्फ़ जीने का अनुभव है। अध्यात्म का गहरा गम्भीर निचोड़ नहीं। लेखक का शिल्प, कथ्य और विचार का रचनात्मक विमर्श समाज के ऐन बीचो-बीच से गुज़रकर उसके पन्नों तक पहुँचता है। अनुभव की संज्ञा ग्रहण करता है। अपने बचपन में जो उसने जाना है, देखा है उसे वह कब और कहाँ भूलता है! अपने-अपने शहर और गाँव की धूल, दुपहरों की धूप, पेड़ों और गलियों की छाँह, वह नटखटपन, वह शरारतें जो बालिग़ होने से पहले की जाती हैं—वह भूल नहीं जातीं—पिछवाड़े में जा लगती हैं। वहीं जहाँ हर आत्मा का भंडारघर है। धीरे-धीरे बरसों के अन्तराल में कुछ रंग-कुछ चेहरे, कोई भाव, कोई शोर, कुछ आहटें, उदासियाँ, उल्लास, ख़ुशियाँ सिर उठाती हैं और लेखक की क़लम में घुल-मिल जाती हैं। अचानक अनायास कछ घटित होता है, प्रस्फुटित होता है और काग़ज़ पर ओस चमकने लगती है। शब्दों की गरमाहट पसर जाती है।

दोस्तो, ताज़िन्दगी अपने लेखक की सोहबत में रही हूँ इसलिए विश्वास के साथ कह सकती हूँ कि लेखक के वजूद और व्यक्तित्व में अगर कुछ संचित है तो वह साधारण का ही विशेष है। शायद यही वह बिन्दु है जहाँ एक बड़ी बिरादरी सोच-विचार के माध्यम से उसके साथ जुड़ती है। अनोखा है यह खोल भी कि लिखता कोई और है, लिखवाता कोई और है, और पढ़ता कोई और है। पाठक और लेखक की जुगलबन्दी विचित्र है। मौजूद नहीं है

और मौजूद है। पास नहीं है, दूर है मगर नितान्त निकट है। यह खेल लेखन का है। कृति-कृतिकार और कृतित्व के प्रतीकों में पाठक का अपना संवेदन अनुभव दूर बैठकर लिखे गए शब्दों के अर्थ में प्रवाहित होने लगता है। और, लेखक जाने किस असमंजस में अपना सामना करने से कतराता है। कभी अपने को अपने से बचाता है। अपनी दोस्ती को दुश्मनी समझने लगता है। अकेलेपन से घबरा अपने को भीड़ में खड़ा पाता है। भीड़ में अपने को ढूँढ़ने लगता है और अपने को खोकर दूसरे को पा लेता है। कथा-कहानी-नाटक और उपन्यास के पात्र यहीं से जन्म लेते हैं। क़तई न सोचें कि इस सारी प्रक्रिया में वह अनुशासन का निशान हथिया लेता है। वह परिश्रम, वह साधना इससे अलग है। अभ्यासवश जहाँ-तहाँ देखे जितना महीन काते—जितना खुरदरा मापे, दु:ख-रोग, हर्ष-विषाद के स्वरूपों की पहचान के बदले तल्ख़ियों को बुलाता फिरे—ऐसे अक्खड़-फक्कड़ लेखक को भला कहाँ से हाथ देंगे आप। वह तो अनुभव लेकर सरकता जाएगा आगे की ओर। किसी से दूर हो जाएगा और किसी के पास।

स्थितियाँ, पात्र, चरित्र, देश, समाज—ऐसा कुछ नहीं जो उसकी दौड़ से बाहर हो। नहीं, इसको लेकर ग़लतफ़हमी न हो। लेखक हाशिए से न पन्ने को झाँकता है, न ज़िन्दगी को। यह बात एक अच्छे और खरे लेखक के सन्दर्भ में कही जा रही है। साहित्य विशेष है फिर भी उसका अपना लोकतंत्र है। इसी में सर्वसाधारण से जुड़ी निहित है इसकी स्वायत्तता भी। इसी मूल स्रोत से उपजे छोटे-बड़े पुंज हम लेखकों के बौद्धिक अस्तित्व में पलते हैं और विचार और संवेदन के रूप में दूर तक प्रवाहित भी होते हैं। इसे हमारा अहंकार न समझें। मानवीय बराबरी में हमारी आस्था है। दोस्तो, जिन मूल्यों और मान्यताओं की हम सुरक्षा करना चाहते हैं—वही 'विचार' के रूप में हमारे लेखन में उजागर होते हैं। शब्दों के मुखर में और मौन में धड़कते रहते हैं। यह मात्र 'लिखित' की—लिखे हुए की नहीं—विचार की गुणात्मकता है।

लेखक के पाठ से अनेक बरसों तक युगों तक प्रवाहित होता है 'विचार' का तरल अमरत्व।

साहित्य की सम्पदा, सर्जनात्मक लेखन मात्र भाषा की कौशलपूर्ण

अभिव्यक्ति ही नहीं—शब्द, अर्थ और विचार की गूँथ द्वारा की गई वह वैचारिक प्रस्तुति है जो अपने होने में स्वयं अपनी सत्ता है। परम सत्ता।

लोक-लोकान्तर के दृष्टा और सृष्टा के रूप में लेखक सिर्फ़ इसलिए स्तुत्य और प्रशंसनीय नहीं कि वह जनमानस में अपने को स्थापित करता है कि समय-काल, काल-कालान्तर के तप-तेज को, तन्मयता से जीता और अंकित करता है, सामूहिक चेतना को प्रभावित करता है, प्रसारित करता है वह कुछ और भी है।

लेखक अगर समाज, सत्ता-व्यवस्था या किसी भी राजनीतिक ख़ेमे की सर्कस पार्टी का गम्भीर चेहरेवाला बिचौलिया नहीं तो क्या अपने ख़ुद के अस्तित्व में अपनी निर्धारित शर्तों पर खड़ा रह सकता है! यह एक वह सवाल है जो हममें से हर लिखनेवाला आज के दबावों और तनावों को अपने में जज़्ब करते हुए करता है। कुछ ऐसे भी तत्त्व होते हैं जिन्हें अपने से बाहर रखना होता है। अति संगठित सहमति, सत्तारूढ़ता, राजनीतिक छल-कपट, प्रचार-प्रसार, लेखक की शब्द संस्कृति को घेरकर उसे 'गौण' का दर्जा देने में सक्षम हैं। इसीलिए ख़बरदार। प्रभुसत्ता एक ऐसी सत्ता है जो शक्ति और बल प्रयोग का शस्त्र है। आज की तारीख़ में शस्त्र ही शास्त्र है। शक्ति-संरचना के घटक कहाँ-से-कहाँ तक फैले हैं—इसका अन्दरूनी जायज़ा लेखक अपनी तटस्थ चौकसी से लेता है। अगर वह ऐसा नहीं करता तो वह लेखक नहीं है, मात्र क़लमखोर है। अपनी-अपनी सीमाओं और सामर्थ्य को सामने रखते हुए आज भी हमारा लेखक-समाज चौकस है। यह महत्त्वपूर्ण इसलिए कि साहित्यकार के लिए अब कठिन और संकटपूर्ण समय है।

राजनीतिक संस्कृति और गहरे तक उससे लिपटे उपभोक्ता बाज़ार के सरोकारों ने साहित्य और कलाओं को अपने बारीक, सूक्ष्म तंत्र में घेर लिया है। इन्हीं परिवर्तन-सन्दर्भों ने साहित्य को एक बड़ा व्यापार भी बना दिया है।

फिर भी हम लेखक—अब तक भी, विश्वास करना चाहते हैं कि लेखन मात्र धन्धा नहीं—वह 'विचार' में आस्था के हक़ में संयम और संघर्ष की प्रतिबद्धता का दस्तावेज़ भी है। इसी में हमारी निज की नहीं, 'मानवीय विचार' की अटूट श्रृंखला प्रवाहित है।

प्रचार-तंत्र और हम

दोस्तो, मीडिया के प्रचार-प्रसार के इस युग में हम मानव-विरोधी क्रिया-कलापों को समझने के साथ-साथ अपने कार्यकारी अनुशासन और संस्कार को कुछ ऐसे तय करना चाहते हैं जो आज के वाक्-कोलाहल से, शोर से अलग हो। ईमानदार हो। गम्भीर हो।

विज्ञापनों की भाषा के पैनेपन को अनदेखा नहीं किया जा सकता। उसका दो-टूक बयान और बखान साहित्य की सूक्ष्म वृत्ति का आधार लेकर सुख-साधनों के प्रचार हेतु सक्रिय है।

हम इसे नकार नहीं रहे—सिर्फ़ इतना दर्ज करना चाहते हैं कि दिन-रात खटखटाते यह शब्द-वाक्यांश हमारी भाषा को उद्वेलित करते हैं। हम विपक्षी बनकर इस प्रक्रिया को नहीं देख रहे, हम प्रचार-तरंगों पर इसके व्यावसायिक प्रभाव से हतप्रभ हैं। कुछ है जो रचनात्मक स्तर पर हमें आगाह कर रहा है। कुछ और भी है जो हमें आश्वस्त भी करता है कि लोकमानस को दिन-रात खटखटाती यह शब्दावली क्या हम प्रबुद्धों को भी एक नई भाषा ईजाद करने को विवश करेगी! नई स्थितियों की नई भाषा! दोस्तो, लेखक जाति की सामूहिक सोच, जीवन के घेरे, सामाजिक और राजनीतिक विसंगतियाँ, भावात्मक दरिद्रता, परम्परा, ज्ञान और विज्ञान का व्यावहारिक द्वंद्व

लेखकीय प्रखरता और आध्यात्मिक सम्पन्नता और जीवन-शैली की प्रबुद्धता को क्या सचमुच विशिष्ट बनाए रखेगा! यदि हाँ तो क्या यही उसे देश के साधारण नागरिक से विलग करेगा! प्रश्न यह भी कि तकनोलॉजी और नए सामाजिक तर्कों और समीकरणों के समक्ष वह अपने विश्वासों का निरूपण कैसे करेगा!

लेखक की छोटी दिखनेवाली बड़ी हस्ती अन्तरंग में फैली उसकी बौद्धिक आस्थाओं का समाधान कैसे करेगी! क्या राजनीतिक दलों के प्रतीक-चिह्नों की अदला-बदली से? सिद्धान्त-संहिता में अवसरवादिता से? एजेंडा के उलट-फेर या व्यावहारिक उठापटक से!

दोस्तो, लेखक अगर समाज और व्यवस्था का जी-हजूरिया नहीं तो उसे इस तरह की वैचारिक दलदल एक ख़तरनाक विभ्रम में धकेल सकती है। ऐसे समयों का एक अपना आज्ञा-पत्र होता है। अगर यह आज्ञा-पत्र लेखक की निष्ठा को भंग करता है तो वह उसकी समूहगत-व्यक्तिगत त्रासदी हो सकती है। तमाम अन्तर्विरोधों और अन्तर्द्वंद्वों के बावजूद उसे अपने समय से संवाद ज़रूर करना होगा। समाज में फैले विद्रूप और विसंगतियों से निपटना होगा। उसे समझना होगा कि राजनीति की चौखट में कसे वर्ग-समूह और गिरोहों के शक्ति-गलियारे जितने सक्रिय होंगे उतनी ही रफ़्तार से मूल्यों का क्षरण होगा और हम नियमों को फलाँगकर फल-प्राप्ति के लिए उत्कंठित होंगे। निर्मम होने की हद तक सर्द, जालिम और क्रूर!

क्रूरता सफल लोगों का आभूषण है। महत्त्वाकांक्षा सम्पन्नता का मुकाम है। नई शताब्दी के पहले दशक में सरपट भागते समय में लेखक ही नहीं, समूचे बौद्धिक वर्ग पर मीडिया के आकाशी संवर्धन से संकट की स्थिति आई है। ऐसे में एकमात्र मानसिक सजगता और अपने में केन्द्रित विचार की विश्वसनीयता ही हमारी चेतना का बिन्दु बन सकता है। मित्रो, ऐसी सँकरी राह के दरमियान यदि स्वहित के चकाचौंधी गलियारों में लेखक का आधा हिस्सा ग़ायब हो जाए—तो क्या करेंगे हम! इतना तो जानते ही हैं कि किसी सत्ता की छतरी तले आप विशेष हो उठते हैं। उसकी झलक में, झिलमिल में आप दूसरों को इस्तेमाल करना सीखते हैं और दूसरों द्वारा मुस्कुराकर इस्तेमाल हो

जाना भी। आप में एक लचक उभरर्त है। सहमति और समझौता आपका मूक नारा बन जाता है—अपनी लक्ष्य-पूर्ति के लिए। दिलचस्प होगा यह दोहराना कि रचना के धरातल से जिन मूल्यों को लेखक उगाता है—उनका सम्बन्ध किसी नायक और अधिनायक से नहीं अन्ततः उन शाश्वत मूल्यों से है जो युगों-युगों से साहित्य में प्रवाहित होते रहे हैं। लेखन और विचार से मानवीय कुल तक सम्प्रेषित होते हैं।

'सत्य' मनुष्य के जिस अन्तर्मन की आहट है, उसको सुनने वाला एक मन लेखक के पास ज़रूर है। इसलिए कि वह उसे छूने का प्रयत्न करता है। वह जानता है ध्वनि, स्वर, शब्द, विचार और भाषा—इन सबकी सम्मिश्रित गूँथ में मनुष्य मन की निजता और पवित्रता सुरक्षित है जो जीवन के सम्मोहन, राग-विराग, लौकिक और अलौकिक को प्रस्तुत करती है।

सत्य अब चमचमाता वैचारिक मूल्य नहीं। वह अब भूमंडलीय चपेट और समेट में है। 'सत्य' की बेशुमार क़िस्में उपलब्ध हैं। अलग-अलग काउंटरों पर अलग-अलग क़ीमतों के टैग के साथ। अन्य उपभोक्ता सामग्री की तरह ही यह बिक रहा है। बेचा जा रहा है। सत्य-सत्याभास, सत्यांश, विराट सत्य। मेरा सत्य। आपका सत्य। तंत्र का सत्य, सरकारी सत्य, अर्द्ध-सरकारी सत्य—जाने कितने लेबल हैं।

इन सभी सच्चाइयों के ऊपर और आगे 'झूठ' का सत्य है जो दूसरे सब सत्यों से क़ीमती है। इसकी आत्मिक निष्ठा का इतिहास बहुत लम्बा है।

ऐसा क्या है जो उसकी दौड़ के बाहर हो।

व्यक्ति, समूह, समाज, स्थितियाँ, राजनैतिक खेल, छोटे-बड़े संघर्ष, विरोध, विद्रोह, हिंसा, आतंक, आक्रामकता। लेखक की चिन्ताएँ अनेक हैं। असीम हैं। उसकी दौड़ गूढ़ दर्शन नहीं, चिन्तन नहीं, फिर भी उसके अनुभव से, रचनात्मक फलक से यह दोनों बहुत दूर नहीं होते। इतने पास भी नहीं कि ज़िन्दगी को परखने के लिए, जीने और जानने के लिए वह सुदूर की व्याख्या में खो जाए। तत्काल अनुभव। पत्रकार मित्र लेखकों से आगे हैं। लेखक के कार्यकारी पक्ष का वृत्तान्त प्रस्तुत करना सचमुच में मुश्किल है। वह विद्वान नहीं, फिर भी लेखक हैं। ज्ञानी-सा ज्ञान नहीं तब भी लेखक, समाज में विशिष्ट

नहीं, तब भी लेखक। सच यह भी कि लेखक ही लेखक है। उसका मुखौटा किसी दूसरे को लगाना मुश्किल होगा।

जिन जोख़िम, ख़तरों और चुनौतियों से आज का लेखक और लेखन दोनों घिरे हैं, उनमें हर क़लम को अपने को याद दिलाते चले जाना बहुत ज़रूरी है कि लेखक से बड़ा लेखन है और लेखन से भी बड़े वे मूल्य हैं, जिन्हें ज़िन्दा रखने के लिए इनसान बराबर संघर्ष करता आया है, बड़ी-से-बड़ी क़ीमत चुकाता आया है।

लेखक व्यक्ति की, समाज की, देश और काल की आहटों को, टकराहटों को सुनता है, उनकी तलाश करता है, जायज़ा लेता है और सृजन के स्तर पर उन्हें अपनी रचना में अंकित करता है, परिभाषित करता है। देश-काल की स्थितियों की तल्ख़ियों को अपने में जज़्ब करके पन्नों पर उतारने में सफल भी होता है। लेखक सिर्फ़ अपनी निज की लड़ाई नहीं लड़ता, न केवल अपने दुख-दर्द, हर्ष-विषाद का ही लेखा-जोखा पेश करता है, वह उन सबको खोजता है, जो संघर्ष करते हैं, झेलते हैं और अनाम ही बीत जाते हैं।

लेखन मात्र—लिखना ही, जीना है, भिड़ना है, सामना करना है, उगना है, उगते चले जाना है। लेखक को उगना होता है हर समय, हर मौसम और हर स्थिति में अलग-अलग पीढ़ियों के साथ। नज़दीक और दूर होते रिश्तों के साथ। इतिहास के फ़ैसलों और फ़ासलों के साथ, ज़िन्दगी के व्यापक सरोकार के साथ।

लेखक का रचनाधर्म और कर्म दोनों अन्दर और बाहर के, व्यक्ति और समाज के, सत्ता और व्यवस्था के तनावों, दबावों से ही समय के संकेत लेते हैं, समय को संकेत देते हैं।

चिन्तन साहित्य की आत्मा है, तो भाषा उसकी देह। भाषा की जड़ों को हरा करनेवाला रसायन, जो किसी भी भाषा को ज़िन्दा रखता है, ज़िन्दा करता चला जाता है, उसका स्रोत हमारा लोकमानस है। लोकभाषाएँ, बोलियाँ अपनी ताक़त धरती से खींचती हैं। इतिहास भी इसी लोकमानस की भागीरथी के साथ-साथ बहता है और अपनी सांस्कृतिक पुख़्तगी में समय को अर्पित होता चला जाता है।

रचनाकार का एकान्त उसके चिन्तन का स्रोत है। उसका चिन्तन उसकी सोच है, जो गहरे में उसकी मानसिकता से जुड़ी है। उसमें ख़ूबी है। उसकी मानसिकता, उसके परिवेश, वर्ग और मूल्यों में भी रची-बसी है। वही लगातार उसकी कलात्मक रुचि और आन्तरिक सँवरण को सींचती चली जाती है।

रचना आँखों के सामने, अपने आसपास घट रहे का मात्र ब्योरा नहीं। रचना घुली-मिली अभिव्यक्ति है मानवीय अन्तर्मन की और बाहर फैले यथार्थ की। लोकतत्त्वों की।

इस लोक का श्रव्य, दृष्टव्य और मन्तव्य सभी साहित्य में समादृत है। आज साहित्य को हाशिए पर सरकाकर मीडिया का बहुत बड़ा तंत्र साहित्य और साहित्यकारों के लिए गहरी चिन्ता का विषय है। फिर भी लेखकों की बड़ी बिरादरी मानवीय प्रज्ञा में आस्था रखती है। विश्वास भी कि विश्व-भर के नियंत्रित शोर के चलते भी कृति का एकान्त पाठक की अस्मिता की सुरक्षा करेगा।

रचना की प्रतीति

लेखक आड़ से रचना की ओर झाँकता है कि अपने से हटकर भी उसकी पहचान कर सकने में सक्षम है कि नहीं। पहली बार पंक्ति में जुड़नेवाले शब्द और अर्थ को क़लम पकड़ती है या सोचनेवाली विचार-ऊर्जा या भाव में से तैरती भावुकता?

रचनाकार और रचना के आस-पास का तापमान क्या है! उसकी बौद्धिक आबोहवा कैसी है! मानसिक एकान्त का कोलाहल क्या कुछ ऐसा है जो दूसरा पक्ष होने का निबाह कर सके! क्या कहीं कुछ ऐसा है जो उसकी गरमाहट को ठंडा करता है या पक्षहीनता में उष्णता भरता है?

भाषा और भाव की जुगलबन्दी सबसे पहले शब्दों के मुखड़ों से किस सृजन-पट्टी पर अभिव्यक्त होती है? उन्हें सबसे पहले लिखनेवाली क़लम पकड़ती है या सोच और विचार की ऊर्जा? ऊर्जा की महीन मगर गहरी तरंग या अन्तरंग का सुनहला आलोक?

क्या आप अपनी रचनात्मक सामर्थ्य से रचना को घेर लेते हैं या रचना से घिर जाते हैं?

आपसे बाँट लूँ कि मेरे यहाँ यह एक मुठभेड़ की स्थिति होती है। तनाव, दबाव की कशमकश और टकराहट लगातार चलती है लेकिन अन्दर कहीं सम्पूर्ण वैराग्य। शान्ति।

लिखने के दरमियान इन दोनों के बीच का जोख़िम-भरा सन्तुलन क़ायम रखने के लिए रचना के सामने रचनाकार का व्यक्तित्व नहीं, उसका चैतन्य साकार हो उठता है।

कोई भी रचनाकार रचना को लिखे बिना कृति की शख़्सियत को नहीं ओढ़ सकता। स्वयं अपनी सृजनात्मक पड़ताल के लिए रचनाकार को अपने में कलात्मक समझदारी और ईमानदारी जुटानी-जगानी पड़ती है।

इस दृष्टि की साख इकतरफ़ा नहीं, रचना और रचनाकार दोनों के हिस्से की अपनी-अपनी ज़मीन विपरीत दिशाओं से एक-दूसरे की ओर बढ़ी आती है, और एक ख़ास बिन्दु पर पहुँचकर अलग हो जाती है। इसलिए कि अन्तरंग और बहिरंग के दरमियान दूरी बनी रहे। नज़दीकी बनी रहे। दूरी नहीं तो नज़दीकी नहीं। एक-दूसरे में कुछ खोजने, पाने, बाँटने की जिज्ञासा बनी रहे।

अपनी रचनात्मक यात्रा को थोड़ा-सा हटकर दोहराती हूँ तो पाती हूँ कि रचना का उगना, स्वरूप लेना, स्वयं रचना बनकर लेखक के आर-पार फैल जाना, मेरे निकट लेखक के एकाधिकार को कम नहीं करता, रचना में उसके विश्वास को गहराता है। सृजनात्मक आस्था को बल देता है।

रचना की प्रतीति रचनाकार को उस क्रियाहीन एकान्त में होती है जहाँ बेमेल टुकड़ों की फन्तासी अपने रहस्य को विस्मयकारी ढंग से उद्घाटित कर जाती है। लेखक का क्रियाहीन समय और कुछ न करने का समय भी उतना ही मूल्यवान है जितना बैठकर पन्नों पर लिखना।

यह क्रियाहीन मगर सजग एकान्त ही उन लुके-छिपे आवेगों को जगाता और उकसाता है जिनकी स्मृति की पुनर्रचना शब्दों में प्रस्फुटित होती है। इसी अभिव्यक्ति की बेचैनी को लेखक की मैत्रीपूर्ण लचक उन अन्तर्वेगों में पहचानती है जिन्हें पंक्ति में, संवाद में, वृत्तान्त में व्यक्त होना होता है।

अभिव्यक्त होना होता है। रचनाकार के निकट लिख पाने का प्रकाश, प्रयास और उसका प्रभाव बिना किसी अतिरिक्त अभ्यर्थना के सुकार्यता की सुखद अनुभूति के रूप में बदल जाता है।

रचनाकार स्वयं रचना नहीं है मगर सच यह भी है कि एक ख़ास वक़्त रचना का गर्भगृह भी वही है और रचना का मुखड़ा भी। रचना का मूल रचनाकार के मानस में और रचना की अदीखती सत्ता लेखकीय विचार-पुंज के अक्स में। रचना की बनावट और बुनावट जो पहली पंक्ति में जनमती है वह अपने गुण, कलात्मक गूँथ और सत्य की समग्रता में अपना-पन अर्जित करती है। लेखक सर्जक है लेकिन कृति उसका लिप्यन्तर नहीं।

लेखक ने उसे आकार दिया है—विचार दिया है। अर्थ और मर्म भी। उसका वजूद लेखक से अलग है, किन्तु लेखक की आत्मा से जुड़ा है। लिख लिये जाने के बाद अब उसके पास अपनी दृष्टि है। अपना चैतन्य है।

विचार, संवेदना, मित्रता, द्वंद्व जो भी घटित हुआ है वह रचना के उगने और बढ़ने के बीच रचनात्मक धरातल के 'सहमूल्यन' में उभरकर अपने स्थान पर स्थित हुआ है। अब स्मरणीय वह नहीं जो लेखक के मन में है, वह है जो लिखा जा चुका है।

उपन्यास की रचनात्मक ईमानदारी, इसकी नैतिक प्रस्तुति जीवन का मंगलाचरण नहीं, जीवन के मर्म-कर्म के अनुभव का सब कड़ुवा, मीठा, रूप, विद्रूप, सुघड़-फूहड़ सब है। एक ठोस विचार-भूमि पर एक ऊर्जा का संसार जो अपने जीवन जैसी सृष्टि को पन्नों पर तरंगित करता है, उसके सांस्कृतिक रचाव की, व्यक्ति और समूह-मन की सामाजिक तथ्यता की अभिव्यक्ति करता है। उपन्यास मात्र स्मृति के सहारे नहीं गढ़ा जा सकता। वह रचा जाता है रचाव से, कसाव से और संयम से। वयस्क समझदारी से।

उपन्यास जीवन की संगति में विसंगतियों को भी देखता है। उसके अपने विरोध और संघर्ष एक-दूसरे के साथ नहीं—एक-दूसरे के सामने खड़े होते हैं और एक-दूसरे की आँखों में देखते हैं। इसी भूमिका से उपन्यास का संवाद शुरू होता है। और इसी मुद्रा के कारण उपन्यास एकालाप नहीं, सजग और सुव्यवस्थित संवाद हो जाता है।

मुझे जीकर ही अपने को जीना है। इसमें कुछ अतिरिक्त या अतिशयोक्ति मुझमें और मेरी रचना में द्वंद्वात्मक स्थिति पैदा कर सकती है। मेरा गुणा-भाग और विभाजन मेरे तत्त्व को धूमिल करता है तो पूरे पाठ के वृत्तान्त का संयोजन-सन्दर्भ प्रभावित होगा और स्वयं रचना और रचनाकार के बीच उभरनेवाली प्रतिस्पर्धा उपन्यास को क्षतिग्रस्त कर सकती है।

इसी के चलते उपन्यासकार के लिए सबसे सुखकर स्थिति कुछ ऐसी होनी चाहिए कि उसके सम्बन्धों के प्रत्यक्ष सूत्र उसके सरोकारों में न उलझे हों—शान्त, वैराग्य-भाव। विषय-वस्तु या पात्रों से ज़्यादा रचाव-बसाव आपके कलात्मक संतुलन पर हावी हो जाता है।

इजाज़त हो तो देखें उपन्यास की कार्यशाला। आपसे बाँट लूँ कि मैं इसे कबाड़ीस्तान के नाम से पुकारती हूँ। आपने ज़रूर देखा होगा लाल क़िले के पिछवाड़े लगनेवाला इतवारी बाज़ार। उपन्यासकार का 'स्मृति बैंक' कुछ इसी तरह का हुआ करता है। शब्द, विचार, मूल्यों के आचार-व्यवहार, पात्रों की सार-सँभाल, उनके इतिहास-भूगोल की पड़ताल, उनके रख-रखाव के स्वर-ताल, उनकी पोशाकों के फैलाव और इनसे जुड़ा छोटे से छोटा और बड़े से बड़ा उल्लास-सन्ताप। ज़रूरी नहीं कि उपन्यास के वृत्तान्त में यह सब अंकित हो ही। ये अपने मौन से भी बोल सकते हैं। कई बार सुधि पाठक द्वारा सुने जाने के लिए।

उपन्यासकार होने के नाते मेरे सम्बन्ध स्वयं से काम-काजी होते हुए भी काफ़ी गहरे हैं। मुझे अपने में एक बराबर की संज्ञा जुटानी होती है। स्थितियों, सरोकारों और औपचारिक सम्बन्धों से आगे बढ़कर अपने पात्रों की एक ऐसी पहचान जुटानी होती है जो किसी भी अतिरिक्त लगाव से बरी हो। यूँ कहा जाए कि ठंडी हो तो और भी सही होगा।

इसी सन्दर्भ में यह भी महत्त्वपूर्ण है कि आप ज़िन्दगी को कैसे पढ़ते हैं, कैसे जीते हैं और कैसे उसका सामना करते हैं, इसका सम्बन्ध भी कृति की रचना, उसके लेखन से है। कुल मिलाकर अपने तईं आपके सरोकार। उपन्यास

और उपन्यासकार के सन्दर्भ को ताज़ा करें तो सबसे पहले उस स्मृति-स्पर्धा की बात करें जो पहली पंक्ति के साथ ही इन दोनों के बीच उग आती है। उपन्यास के रचनात्मक तत्त्व और आन्तरिक विधान एक-दूसरे की गूँथ में—एक-दूसरे की व्यक्तिमत्ता में घुलते चले जाते हैं। जिस संवेदन विशेष को वह 'पाठ' देते हैं वह न सिर्फ़ उपन्यासकार का होता है और न ही सिर्फ़ उपन्यास का। यह रचनात्मकता के स्तर पर एक पवित्र दायित्व होता है जो न मात्र लेखक की आत्माभिव्यक्ति होती है और न ही जिये हुए का औपन्यासिक सार। यह होता है एकसूत्रता और समग्रता में एक सृजनात्मक प्रयास व्यक्ति के सामाजिक सत्य को उद्‌घाटित करने का। उपन्यासकार की चेतना के परख-बिन्दु हैं : मानवीय नियति, प्रयोगात्मक शिल्प, रचनात्मक चिन्ता, निरन्तरता।

औद्योगीकरण की प्रचार-भ्रष्ट भाषा के ऐन बीच से गुज़रकर उपन्यास जिस संवाद और वृत्तान्त से अपनी अभिव्यक्ति कर रहा है वह अनुभव की प्रामाणिकता का ठेठ रूप न भी हो, अपनी प्रासंगिकता में उन गहरे स्तरों को उकेरता और उन्हें शिल्प में ज़रूर बाँधता है। सामाजिक जटिलताओं को पहचानने, परखने की क्षमता उसमें निहित है। उपन्यास न सिर्फ़ एकालाप है और न ही आत्मवक्तव्य—वह एक ऐसा कौशल और शिल्प है जो उसकी सीमाओं को दूर तक ले जाने की क्षमता रखता है। उपन्यास का विस्तार और घनत्व पाठक के साथ होकर चलता है। उपन्यास के टैक्स्चर में ऐसे तत्त्व हैं जो पाठक को व्यापक सामाजिक अर्थ के क़रीब लाते हैं।

गर्दिश के दिन

वक़्त को सज्दा किया हज़ार बार—

इस बार तो 'हाँ' हो—

हर बार एक ही आवाज़ आई—नहीं!

दोस्तो, अगर विरासत में मिल गई हो 'नहीं', तो क्या कीजिएगा! न किसी से कुछ कहिए। न सुनाइए। न दुख मनाइए। न दर्द को सहलाइए। बस देखते चले जाइए ज़िन्दगी की सीधी-सपाट सड़क को, जिस पर आपको चलते ही जाना है।

सच पूछिए तो 'गर्दिश के दिन'* पर कुछ भी कहने के हक़दार हम हैं नहीं। न हमारा कभी हल्की-फुल्की, ख़ूबसूरत तल्ख़ियों से पाला पड़ा। न गर्दिश के दिनों का रोमांटिक चक्कर चला। न किसी ने हमारे लिए तख़्तोताज ही छोड़ा। न हमने कभी डर से किसी दोस्ती से ही मुँह मोड़ा।

फिर भी हुआ कुछ यूँ कि अपनी रौ में हम अपनी 'मैं' को ही पालते रहे। 'अहं' को सँवारते रहे। लेकिन इस सबके बावजूद एक बहुत बड़ी दुनिया से

---

* यह सारिका में प्रकाशित होनेवाले एक स्तम्भ का नाम था। इसमें कुछ लेखकों ने अपने और अपनी रचना-प्रक्रिया के विषय में लिखा था।

अलग-थलग ही 'शनि' की रफ़्तार से बँधे अपनी इकहरी मंज़िल की ओर सरकते रहे।

चाल इतनी धीमी कि धरती के तीस बरस और किसी को भी मथ डालने वाले शनि का एक बरस। जिसने इसकी सरपरस्ती में दिन गुज़ारे हों, वह इस वक़्तख़ोर सितारे के हाथों पग-पग पर पटखनियाँ खाने का आदी हो जाता है।

एक से जूझकर उठे कि दूसरी तैयार। दूसरी से सुर्ख़रू हुए कि किसी कोने से कुलबुलाती एक और चली आती है।

यही रफ़्तार हालात की और यही, इसका काला गाढ़ा रंग, चढ़ता चला गया अपने मिज़ाज पर भी।

मिज़ाज इतना ग़रीब कि ग़रीबी का शक होने लगे। दिल इतना अमीर कि अमीरी महज़ एक सलीका बनकर रह जाए। ग़ुस्सा इतना तेज़ कि पलक झपकते तेवर खनकने लगें। ठंडापन इतना कि सिर पर से तूफ़ान गुज़र जाए और इस पथरीले चेहरे पर शिकन न आए।

अजीब सर्द-गर्म मिट्टी की तासीर वाली यह तस्वीर मेरी, ख़ुद मुझे ही हैरान-परेशान करती रही है।

दूसरों की निगाह से अपने को देखती हूँ तो एक मग़रूर, घमंडी औरत, चमक-दमक वाला लिबास और अपने को दूसरों से अलग समझने का अन्दाज़।

अपनी नज़र से अपने को जाँचती हूँ तो एक सीधी-सादी ख़ुद्दार, वक़्त और ख़ुदा दोनों ही जिस पर ज़्यादा मेहरबान न थे। फिर भी अपने जिगरे के ज़ोर से ज़िन्दादिल।

हल्की हवाओं वाली सुहानी शामें, जिनकी याद में हर इनसान का बच्चा अपने तन-मन में सुख जगाता है, कुछ पाता है। बार-बार ज़िन्दगी को लौटा लाता है...वे घड़ियाँ ज़िन्दगी के 'आउटस्कर्ट्स' पर ही गुज़र गईं।

फिर भी, दोस्तो, हमने ज़िन्दगी के हाशिये पर अपनी क़लम से कभी 'ग़म' का नाम नहीं लिखा। कभी तबीयत बहुत मचली तो अपने से यही कह दिया—न हुआ तो न सही। फिर कभी सही।

सच कहें तो यही ढिठाई हमें पालती रही। इसे हमने अपने को सालने नहीं दिया—हमारा करतब, बस इतना ही रहा।

कभी-कभार, ऐसा हुआ तो कम, मगर हुआ। मुँह-अँधेरे आँख खुली कि अचकचाकर उठ बैठी।

सुबह के अँधेरे और उजाले में अब तक की जी हुई ज़िन्दगी ख़ुद-ब-ख़ुद दो हिस्सों में बँट गई।

एक वह जो अपनी राह रोक सामने आ खड़ी हुई, तो फिर आँखों के आगे से सरक जाने का, हट जाने का, नाम ही नहीं लिया।

दूसरी वह जो हर दिन दिल के ख़्वाबों में सिर झुकाए पड़ी रही। ठोकरें बेशुमार खाईं मगर उस ढीठ ने भी अपनी जगह से टलने का नाम नहीं लिया। मैं दोनों को एक-दूसरे के आमने-सामने रख अपने को पहचानने की कोशिश करती हूँ।

अपनी परिधि में कुछ अक्स भी तो होंगे। कुछ परछाइयाँ, जो संग-संग रहती हैं। मिली-जुली आवाज़ें, जो दूर-दूर लहरों पर तैरकर फिर दिलों के मुहानों पर लौट जाती हैं।

मैं खिड़की से उगते सूरज की ओर देखती हूँ और करवट लेकर फिर आँखें मूँद लेती हूँ।

वे नन्हें-नन्हें, मासूम क्षण, जो हर सुबह, हर सूरज की तरह, हर घर में ज़िन्दा होते हैं, वे यहाँ नहीं हैं। यहाँ तो एक मैं ही हूँ। मैं ही।

मैं, एक एहसास। एक पोशाक। एक ही दरवाज़ा, जिससे मेरी ही परछाईं अन्दर आती है, मेरी ही बाहर निकल जाती है। मुझसे ही सुबह शुरू होती है। मुझसे ही शाम।

शायद इसीलिए मुझे ऐसे कमरे पसन्द हैं, जिनमें से मैं बाहर को जाऊँ तो कोई फ़रक मालूम न दे। न यह लगे कि मैं अभी यहाँ थी। न यह कि मैं यहाँ नहीं हूँ। मेरे होने-न होने के बावजूद कमरा अपने कमरेपन में बँधा रहे।

ऐसे कमरे घरों में नहीं होते। जहाँ ये होते हैं, वहाँ आप ग़ैर-हाज़िर नहीं होते।

आप सुबह हैं। शाम नहीं। आज हैं, कल नहीं। आप आन पहुँचे हैं, तो ताली उठा लीजिए। जा रहे हैं, तो ताली लौटा दीजिए।

कई छोटे-छोटे सफ़रों में मैंने अपने इर्द-गिर्द कुछ ऐसी आँख-मिचौनी देखी कि अपने वजूद को ही ग़ैर समझ लिया।

साहिबगंज से मणिहारी गली घाट पहुँचने के दौरान बोट पर रेलिंग के सहारे खड़े-खड़े मैंने रात के अँधेरे में अपने पूर्वजन्मों के इतिहास, उनकी यात्राएँ पानी की तरल सतह पर देख डालीं। इन्हीं लहरों में पिघले-गीले अँधेरे में मैं तैरती रही हूँ, लेकिन अब मुझे गंगा पर लटके इस चाँद पर पहुँचना है। वहाँ। वहाँ। उन कुछ घंटों की यात्रा में मैंने इस लोक से दूसरे में ले जानेवाली देहरी को जैसे पहचान लिया था। डर नहीं लगा। लगा कुछ ऐसा कि मुझ पर मेरी देह नहीं है और मैं अपने अभावों की प्यास को जगाती हूँ। नहाती हूँ। नहाती चली जाती हूँ। जी भर-भर, कुछ इस तरह कि मेरी मुक्ति और मेरी प्राप्ति इसी पानी में है। इसी अँधेरे में है।

सहसा बोट पर पक रहे खाने की गन्ध ने मुझे मेरी काया लौटा दी। डाइनिंग रूम में उस दिन अपने को दुबारा पैदा होते देखा। जिस आदिम ढंग से मैंने उस रात खाना खाया होगा—मेरे जैसी आँख रखनेवाला आदमी ही पहचान पाता कि मैं वैदिक ऋचाओं की रोहिणी नहीं हूँ—मैं तो चनाब के पानी और मिट्टी से बनी हाड़-मांस की लड़की हूँ।

उसकी रेत पर खेली हूँ। उसकी लहरों में नहाई हूँ। तैरी हूँ। स्वभाव में यही रवानी है। तासीर में वही अनोखा पानी है। सच तो यह है कि सिर्फ़ चनाब ही चनाब का सानी है।

अगर हमें कभी भी अपनी गृहस्थी जुटानी होती तो घर में सबसे पहले लगता तन्दूर। मिट्टी के बरतनों की लगती क़तारें। कनालियों में गूँदती आटा। चंगेरों में रखती घी-सनी रोटियाँ। और सोंधी गन्ध वाले सालन पकाती मैं हँडिया में।

मेरे घर में दूध बिलोने की चोटियाँ होतीं। पानी भरने को घड़े। बैठने को होती रँगली पीढ़ियाँ और पसरने को होती सुतली की मंजियाँ।

हमसे पूछिए तो गेहूँ कि तन्दूरी रोटी पर घी-मक्खन और धीमी-धीमी आँच पर पकी चाँपों की इलाही गन्ध, इसके आगे दुनिया की सब नियामतें फीकी हैं।

वैसे खाने की दूसरी बारीकियों की हमें तमीज़ भी कहाँ!

हाँ, एक फल का शौक़ ज़रूर है। सेब। देखा है बचपन से इस फल की ख़ूबसूरती घर की सब छोटी-मोटी ख़ुशियों से जुड़ी है।

इनका रूप-रंग पिताजी के नज़दीक बहुत-बहुत लगाव की चीज़ है। जैसे कोई अपने बच्चों को गहरे लगाव से, चाव से देखता है, कुछ उसी तरह का रंग इन्हें देख-छूकर उनकी आँखों में झलकता है। ज़िन्दगी से जुड़े रहने की चाहत, हर बार इन्हें छूने में, खाने में उनकी निगाह में यह पढ़ सकने की पहचान मेरे पास है। पर उन जैसी चाहत नहीं। मैं तो इन्हें खाती-भर हूँ। खाती हूँ और कुछ सोचती नहीं हूँ।

आमतौर पर मैं ऐसे कपड़े पहनना पसन्द नहीं करती, जो मेरी शक्ल-सूरत से कहीं ज़्यादा क़ीमती लगें। कोई रेशम या रंग आँख पर चढ़ जाता है तो बार-बार उसे दोहराती चली जाती हूँ। मैं बार-बार वही पहनती हूँ, जो मुझमें खप जाए, जो हल्का हो और ढीला हो।

अलमारी में ज़्यादा कपड़े मेरा माथा गर्म कर देते है। लगता है मेरी बाहर और अन्दर की सफ़ाई पर कोई रंग-बिरंगी कूची फेर गया है।

फुटकर कपड़ों के गुच्छों जैसी मिडियाकर चीज़ कोई और नहीं।

यह बात सृजन के सम्बन्ध में और भी सच है।

सस्ता या महँगा कबाड़ उठाते ही चले जाना, एक शब्द की जगह दस इस्तेमाल करना, एक इमेज की जगह विपरीत रंगों की भीड़ लगाकर पाठकों को भुलावे-छलावे में डाल देना—न सिर्फ़ कम अच्छा लेखन है, वह लेखन है ही नहीं।

बहुत खींचिए तो लेखन का जुगाड़-भर है। असली लेखन नहीं।

ख़र्च करने का ढंग मेरा न बहुत छोटा है, न बहुत बड़ा। माँ से यह सीखा

कि जो भी ख़र्च करो, यह न लगे कि लुटाया जा रहा है। पिताजी से यह कि ऐसे ख़र्च करो कि अपने को भी ख़ालिस ज़रूरत न लगे। शौक़ लगे।

इन दोनों का मिला-जुला रंग मुझमें है।

क़ायदे से किया जानेवाला ख़र्च मैं शौक़ बना लेती हूँ और शौक़ के लिए किया गया महज़ ज़रूरत।

अपने लिए कम चीजें ख़रीदती हूँ। यहाँ-वहाँ का छोटा-मोटा, रंग-बिरंगा सामान इकट्ठा करते जाना मुझे नापसन्द है।

कसकर इस्तेमाल होनेवाला ठोस सामान ही मेरी आँखों पर चढ़ता है।

कुछ भी ख़रीदने की तरह मुझे लिखने की भी कोई जल्दी नहीं होती। कोई हड़बड़ाहट नहीं होती। यही कि कुछ लिखने को होगा तो लिख डालेंगे। न लिख सके तो हमारे दोस्त लिख डालेंगे।

एक जालिम-सी तटस्थता दिल-दिमाग़ पर क़ब्ज़ा किए रहती है। चाहा बहुत, पर इससे छुटकारा न मिल सका। यही वजह है कि एक बहुत बड़ा वक़्त खाद बनकर रह गया।

बरसों कोई रचना उगने का नाम नहीं लेती। कई बार ऐसा हुआ कि कुछ लिखने के लिए किसी कहानी-उपन्यास का कच्चा माल, उसका टेक्स्चर, हाथ के पोरों में महसूस किया। उसी रात यह भी हुआ कि पूरी-की-पूरी कहानी आँखों के आगे ज़िन्दा होती चली गई।

बस, लिखी जाने के पहले ही कहानी ख़त्म। ऐसी कहानियाँ-उपन्यास मैं कभी नहीं लिख पाती, जो शुरू से आख़िर तक ब्योरेवार मुझे बिना लिखे ही मालूम हों।

ज्यों ही कहानी की कड़ियाँ मेरी आँखों के आगे घूमीं, खोज करने की, संघर्ष करने की, मेरी गर्मी मर जाती है।

जब तक कुछ ढूँढ़ लाने का, डुबकी लगाकर पा लेने का आश्चर्य न हो, उसे क़लम से लिखना नितान्त बेमानी लगता है।

शायद इसीलिए कि मैं किसी प्रेरणा या बाहरी दबाव से नहीं लिखती। मैं अपने समूचे होने में, रचकर, पैठकर जीने की तरह लिखती हूँ। उसी वक़्त लिखती हूँ, जब लिख डालने के सिवा कोई चारा न रह जाए।

अपने अन्दर-बाहर, आगे-पीछे, घटित हुआ, किसी एक लमहे में सिमटकर जब आँखों के आगे ढिठाई से ठिठक जाता है, तो हार कर क़लम के तेवर उठाने को तैयार हो जाती हूँ।

बड़ी मुश्किल के दिन होते हैं ये और बड़ी मुश्किल से गुज़रते हैं। जो निगाह में अटक गया, उसे दिल-दिमाग़ से तोल-परख आप कुछ गढ़ने बैठ जाते हैं। हाथ की मिट्टी को सम करते हैं, ठोक-पीटकर देख लेते हैं और फिर वह सफ़र शुरू होता है, जिसे लिखना कहा जाता है।

लिखने वाले की हालत यह कि कुछ आसमान पर, कुछ पाताल में। कुछ अपने अन्दर, कुछ कहानी के। सच तो यह है कि लेखक और कहानी, दोनों की रूह मेज़ के आसपास भटकती रहती है।

ठीक से कह नहीं पा रही। जब तक ज़िन्दगी से होड़ लेती, जीती-जागती तसवीर उठकर बोलने नहीं लगती, तबीयत तकले की धार पर चढ़ी रहती है।

अचानक आप कुछ और-से हो उठते हैं। आँखें ज़्यादा साफ़ और दूर देखने लगती हैं। दिमाग़ चौकस और हाथ शब्दों के हीरे-मोती समेटने लगते हैं।

हर शब्द का एक जिस्ट। एक आत्मा। एक गन्ध।

जिस चीज़ को हाथ से उठाया है, उसका संस्कार, उसका मिज़ाज, उसके तमाम रख-रखाव, लग-लगाव तक से वाक़फ़ियत होनी होती है। लिखने के वक़्त यह सब कुछ ऐसी बारीक धार पर चलता है कि अपने आप में एक जादू-सा मालूम होता है।

आप लिखते हैं लेकिन महसूस करते हैं आप नहीं लिख रहे हैं, कोई और लिख रहा है। आप यह दावा करना चाहते हैं कि लिख रहे हैं, तो कहानी के पात्र आपको ख़बरदार कर देते हैं कि आप नहीं साहब, हम हैं जो आपसे लिखवा रहे हैं।

सच कहें, ऐसे वक़्त का सामना करने की हमें कोई जल्दी नहीं होती।

न कहानी शुरू करने की। न ख़त्म करने की। न ही कहानी को जी डालने की।

इनसान की ज़िन्दगी के इने-गिने एकान्त क्षणों की तरह ही कलाकार के भी कुछ सार्थक क्षण होते हैं। वे कहीं से तोड़कर नहीं लाए जा सकते। न ही चाहने से पाए जा सकते हैं।

उनके लिए तो बरसों इन्तज़ार करना होता है, हालाँकि वे हर दिन आपके दिल के आसपास जिया करते हैं। कभी-कभार आपकी बेख़बरी में ही आपके दिल का दरवाज़ा खटखटाते हैं और लिखने की सूरत में आपसे जवाब पाते हैं। भाषा की सादगी भाषा की जान है। यही उसकी मिठास और यही उसका असर...

मैं 'डार से बिछुड़ी' का नाम लेना चाहूँगी।

एक दूसरा माध्यम 'यारों के यार'-सा होता है। कड़ा खुरदरा और मर्दाना। ज़बान ऐसी कि पानी की तरह बहती चली जाए। हर शब्द से एक स्थिति बने। एक तसवीर उभरे। यहाँ तक कि गालियाँ भी उसके अंडर-करेंट को उद्वेलित करें। उसके अन्दर-बाहर के खोल को एक संग वातावरण से बाँध दें।

आपकी क़लम तब तक यह हासिल नहीं कर सकती, जब तक आप ज़िन्दा ज़बान न जीते हों। यह ज़बान न शब्दकोश की मदद से गढ़ी जा सकती है, न गलियों या झुग्गियों से उठाई जा सकती है। इसे तो अपनी रोज़मर्रा की ज़िन्दगी में आपको एक तीसरी आँख और तीसरा कान लगाकर सीखना होता है।

इन सबसे ऊपर और बढ़कर किसी भी अच्छी रचना के लिए एक और चीज़ की ज़रूरत होती है जिसे हर जानदार चीज़ की हड्डी कहा जाता है। इसके साथ ही वह घनत्व भी, जो रचना की मिट्टी में मौजूद होता है।

'मित्रो' को जानने के लिए मुझे न सिर्फ़ उस वर्ग के खोल से परिचित होना था, मुझे गोड़ना था उस वर्ग की जड़ों तक को भी। ताकि वह सब जान सकूँ जो आँख से दीखता है और जो नहीं दीखता। इन दोनों को गहराई से, बिलकुल अनदीखते ढंग से, इस कहानी के डाइमेंशन में घेर सकूँ।

साहित्य और कला के क्षेत्र में श्लील और अश्लील के प्रश्न को तूल देना मुनासिब नहीं।

तथाकथित नैतिकता और धर्म की चौखटों के बाहर इनसान की ज़िन्दगी का एक बहुत बड़ा हिस्सा फैला पड़ा है। उसकी उम्मीदें, आस्थाएँ, उसकी

कमज़ोरियाँ, प्यार और आर्थिक संघर्ष। इन सबको किसी एक के नाम पर छाँट देना, उन्हें किसी दायरे से बाहर कर उस पर फ़ैसले देना मुनासिब नहीं।

साहित्य और क़ानून की निगाह एक नहीं हो सकती। साहित्य जीवन का दर्पण है, ज़िन्दगी की बंदिश नहीं। यह अलग बात है कि कला का एक आन्तरिक संयम होता है, बन्दिश होती है, जो कला के बहाव को, चढ़ाव को ख़ुद ही सहेजती-समेटती है। सत्य को अपने में सँजोती है और उसे खुलेपन में पनपने देती है।

'मित्रो मरजानी' और 'यारों के यार' के मुक़ाबले 'सूरजमुखी' की भाषा बाहर की नहीं, अन्तर की है।

पढ़ने में ज़रूर अतिरिक्त सतर्कता का आभास देती है। कहानी में कथा की जो अपनी मजबूरी थी, दरअसल, उसी ने इसकी समूची लय को बाँध लिया था।

सृजन के स्तर पर आतंक का एक मूड होता है, इसे मैंने 'सूरजमुखी' लिखकर ही जाना है।

'सूरजमुखी' में रत्ती के अँधेरे नकार से नहीं, आत्म-करुणा से नहीं, वंचित हो जाने की उस सपाट स्थिति से उभरे हैं, जहाँ ज़िन्दगी में ट्रेजेडी हो जाने का नाटकीय बोध तक नहीं।

बलात्कार केवल क़ानून की दफ़ा नहीं, मात्र रस-भंग ही नहीं, छोटे बच्चों के अधकचरे खेल भी नहीं। अमंगल लहर की तरह वह टूटी आसंग स्थिति है, जिसे अपने चाहने से स्रोत तक लौटा लाना जन्म-जन्मान्तरों-सा ही अनिश्चित है। शायद इस बार, इस बार प्यार करने की दुविधा नहीं, किनारे पर फैली सूखी लहरों तक पानी न आ सकने की असमर्थता।

रीमा केशी और कमू के सम्मिलित दर्पण में रत्ती को जो दीखी है, वह है झुठला गए जीवन की आसक्ति—आसक्ति और आसक्ति।

इसी छटपटाहट में जी सकने की प्यास, और भंग हो गई लय का तिलमिलाहट भरा बोध। मैं—मुझे-मुझे ही क्यों नहीं—मैं जो भी हूँ।

व्यक्ति की इकाई में धँस गए आक्रमण का पुराना आतंक।

रत्ती की देह के द्वार पर उसका आत्मादर छिन्न हुआ है। उसका समूचा सोचना आत्मरक्षा के स्तर पर है।

आत्मरति का सवाल तक नहीं उठता, क्योंकि वह आत्मावहेलना से पीड़ित है। आत्मश्लाघा नहीं, उसमें आत्मसजगता है। उसके पास अपने बारे में यह जानकारी भी कि जिस अनोखे आनन्द की अनुभूति मानवीय तन की सबसे बड़ी प्राप्ति है, वह उस तक पहुँचने में समर्थ नहीं। क्योंकि उसके इस स्रोत पर दूब नहीं, ढूह हैं।

प्रेम जैसे रोमांटिक शेड का उसके निकट कोई उपयोग नहीं। वह नाज़ुक रहस्य मर चुका है।

रत्ती जैसी औरत अपने सर्दपन में सिर्फ़ जान-पहचान के दावे कर सकती है। सेक्स के कुदरती बहाव से उदित सगे सम्बन्ध स्थापित नहीं कर सकती।

वह पुरुष के भीतर दया या हिंसा पैदा करती होती, तो वह यहाँ-वहाँ मिल जाने वाली हर वह औरत होती, जो पहले अपनी दया से पुरुष की हिंसा पकाती है, और फिर पुरुष की हिंसा से अपनी दयनीय स्थिति को मज़बूत करती है।

रत्ती वह औरत नहीं है। रत्ती बचपन से पारदर्शी काँच के टूट जाने से घायल वह व्यक्ति है, जो सम्बन्धों की परिपक्व ज़मीन पर सुरक्षा के तम्बू नहीं गाड़ पाता। उसके आत्मकेन्द्रित द्वंद्व में एक ही चीज़ उसके हाथ लगी है। वह है बेरहम आँख, जो एक साथ समानान्तर रेखाओं से दोनों दिशाओं को देख अपने बिन्दु पर लौट आती है।

रत्ती के पास यह न होती, तो रत्ती के आगे नितान्त दूसरा रास्ता होता—उसके अपने आत्मावमूल्यन से फुँफकारता आत्म-विनाश।

गँदली हो गई स्मृति मन से उतरकर तन में सिकुड़न बनकर ठहर गई। जंगल पर वह पूजा जगानी पड़ी। उसके निकट वह दिवाकर के साथ सोने का केवल संयोग नहीं था, सम्भोग भी नहीं, वह था दिवाकर द्वारा रत्ती को रत्ती से जोड़ देने का नितान्त साधारण वह बिन्दु, जो अपने पतले घनत्व से अब तक रत्ती को झुठलाता आया था।

दिवाकर के पास थी रत्ती को खोज लेनेवाली एक नज़र-भर। दिवाकर इतना ही थे। रत्ती को भी इतना ही चाहिए था। बराबरी के एहसास में एक-सा

कोण बना था, जो एक साथ सो सकने की एक ओर से प्रार्थना थी, दूसरी ओर से चैलेंज था। इसमें रोमांटिक प्रेम के झीने शेड ढूँढ़ना बेकार है।

'सूरजमुखी' का एक दिलचस्प क़िस्सा सुनिए। 'सूरजमुखी' के कुछ ही पन्ने बाक़ी थे। एकाएक दिमाग़ ने सोचना बन्द कर दिया। जतन किए, मगर सब ठप्प। बस, जैसे ब्लैकआउट हो गया हो।

क्योंकि दिमाग़ हमारा ही है, सो हम एक-दूसरे की ढिठाई को ख़ूब समझते-जानते हैं। तेवर पहचानते हैं।

एक हद तक हमने इसरार किया, आख़िर तंग आकर हथियार डाल दिए।

क़लम बन्द की और कहानी आँखों से ओझल कर दी। इसी कशमकश में कई दिन निकल गए। एक ही आदमी के दो हिस्से एक-दूसरे का दम-खम आज़माने को तैयार।

एक सुबह जो उठे तो आँखों में पूरा पठार अंकित था। केवल उस मोती की जगह सपने में मेरे अपने ईयररिंग थे, जिन्हें सपने में मैंने ऊँची चट्टानों की ढलान पर से नीचे गिरते देखा था।

अगली रात सपना मैंने काग़ज़ पर उतार लिया।

कई बार ऐसा हुआ कि अचानक आँखों के आगे कुछ आ खड़ा हुआ और सच होकर रह गया।

एक बहुत अज़ीज़ दोस्त एक रात मुझे अचानक ऐसे दीखे कि मैं उनके लिए गुलाब ख़रीद रही हूँ। बस इतना ही।

सुबह उठते ही मालूम हुआ कि गई शाम दुनिया से रुख़सत हो चुके हैं—चुपचाप तैयार हुई और फूल लेने चल पड़ी।

मानना तो नहीं चाहती कि ऐसा अकसर सच ही होता है, पर होता तो है ही।

झूठ यह भी नहीं कि अपने सम्बन्ध में यही आँख कभी मदद नहीं करती।

'यारों के यार' की सुनिए।

आप लोगों की दुआ से कहानी ख़त्म हुई ही थी। कहानी का नाम देने को क़लम उठाई, तो बस अटक गई, चली ही नहीं। कहानी क्योंकि गालियों से नमकीन थी, सो दो ही नाम लौट-पलटकर मेरा फ़ैसला खटखटाते रहे। नम्बर एक 'हरामजादे' और नम्बर दो 'उल्लू के पट्ठे'।

बड़ी कोफ़्त हुई। कहानी का सारा सन्तुलन एक ही वज़न के दो पलड़ों पर अटक गया। न यह जँचे, न वह।

ख़ैर साहब, एक दिन मुँह-अँधेरे जो करवट ली तो याद आया, नींद में जन-पथ पर घूमती रही हूँ। सपने में जिस दुकान पर खड़ी थी, उसके बोर्ड पर लिखा था—'यारों के यार'।

क़रीब चौबीस घंटे मैंने इस नाम को अपनी हद के बाहर कर दिया। अपने पास फटकने नहीं दिया।

दूसरी रात सोने से पहले छोटे-मोटे कामों के बहाने मेज़ के इर्द-गिर्द मँडराती रही। अपने को उकसाती रही और आख़िरकार एक बजते-न बजते कहानी का नामकरण हो ही गया।

जैसे ही शीर्षक दिया, तबीयत उदास पड़ गई। नाम कहानी पर हावी हो गया था और मेरे आमने-सामने इतराने लगा था।

नाम क्योंकि कहानी का मौजूँ था, इसलिए मजबूरी की इस हालत में भी इससे पंगा लेने से मैं बाज नहीं आई।

मैंने तीनों नाम एक ही पंक्ति में लिखे और लावारिसों की तरह मेज़ पर छोड़ दिए। आख़िरकार जब क़लम चली, तो नाम वही रहा, जिसे रहना था।

अपने साथ इस तरह के चोंचलों से मेरे मिज़ाज और मेरी तासीर का जायज़ा लिया जा सकता है।

यह किसी सितारे या ग्रह का असर नहीं, जैसाकि मैंने कहीं पहले लिख दिया है।

शताब्दी-भर का आलस इस डीलडौल में ख़ुद ही जो मौजूद है!

बस एक ही बात की मेहर अपने पर हुई कि मुद्दतों के बाद जब-जब

कुछ करने को उठे, तो फिर तबीयत से, खुले दिल से, बिना कोर-कंजूसी के, बिना कोताही-ढिलाई के काम को सर-अंजाम दे सके।

यह हिकमत या ख़ूबी हमारी नहीं। यह जादू किसी दूसरे का ही है। उसका नाम चाहे कुछ भी हो।

जब कभी काम में होती हूँ तो चाय-कॉफ़ी कम कर देती हूँ और दूध पीने लगती हूँ।

मेज़ पर बढ़िया काग़ज़ का ढेर दीखता रहना चाहिए।

कुछ भी शुरू करने से पहले काग़ज़ ख़ूब फटा करते हैं।

पहली पंक्ति उठाने की घबराहट और तनाव इसकी वजह होते हैं। लगातार घंटों कभी नहीं लिख पाती। ज़्यादा-से-ज़्यादा एक घंटा। एक बार मेज़ छोड़ देने के बाद लिखे हुए के बारे में कुछ भी सोचने की इजाज़त अपने को नहीं देती। ऐसे वक़्त दो मुख़्तलिफ़ ताक़तें एक-दूसरे पर हावी रहती हैं।

मैं ख़ुद को शक की निगाह से देखने लगती हूँ। ढूँढ़-ढूँढ़कर अपनी सीमाओं और कमज़ोरियों की याद दिलाती रहती हूँ अपने को। बड़े दिलचस्प ढंग से अपनी आँखों के आगे इनकी भीड़ लगाए रहती हूँ। एक तरफ़ दुश्मन की तरह अपने पर सख़्ती करती हूँ, दूसरी ओर जो भी चाहूँ और जो कर सकूँ, अपने लिए मुहैया करती हूँ।

अपने और लिखने के बीच सिर्फ़ शिष्टाचार का नाता ही रखती हूँ। न उसके बारे में ज़्यादा सोचती हूँ, न अपने पर छा जाने के लिए उसे उकसाती हूँ। और न ही उसे अपनी आँखों पर बिठाती हूँ।

दिलो-दिमाग़ के शीशों को साफ़ करने के लिए सिर्फ़ एक 'छोटा', 'दो' और 'बड़ा' कभी नहीं।

अपनी-अपनी लीक पर अड़े, एक-दूसरे के तापमान से बँधे हम इस तरह शौक़िया ही मजबूरी की हालत में लिखने का सफ़र तय करते चले जाते हैं।

रंग-ढंग कुछ ऐसा पाया कि देखनेवालों से 'ठीक ही है' की निगाह और देखने वालियों से 'समझ क्या रखा है' का आमना-सामना होता ही रहा। अपना चलन

क्योंकि एक ही पटरी पर रहा, इसलिए गंगा-जमुनी तरेरें-तेवर और परिहास-व्यंग्य के तीर-तरकश अपने से अकसर टकराते ही रहे।

यह तो सच न होगा अगर हम कहें कि इनके लिए हमारा कलेजा छलनी ही हुआ; लेकिन, दोस्तो, इस सिलसिले में बड़े-बड़े जालिम और मासूम चुटकुले अपने हाथ लगे। और हमने ही इस मामले में निहायत संजीदगी से अपना नहीं, दूसरों का साथ दिया।

एक पार्टी में हमारा तौर-तरीक़ा देख किसी भली-पुरखी सुहागिन ने हमें फूलछड़ दे मारी।

बड़ी प्यारी, दूध की धुली, अम्मीजान वाली नज़र से हमारे छोटे-बड़े माप देखे और मुलायम आवाज़ में कहा :

—आपको गाने-बजाने का शौक़ मालूम देता है!

जैसे ही हमने मतलब भाँपा, हमने बड़ी हलीमी से हँसकर ख़ास अपनी नज़र का कैमरा उनके हाथों में थमा दिया। और एक के बाद एक अगली-पिछली तस्वीरें खिंचवाते चले गए।

उस शाम को सबसे साफ़ तस्वीर जो उजागर हुई, वह कुछ यूँ थी :

कि हम सजे-सँवरे, हाथ में मीनाकारी वाली सुराही लिये, कुछ उँडेले चले जा रहे हैं। (कहाँ, क्यों, यह न पूछिए!)

हमें मालूम था यह 'मित्रो मरजानी' वाली कतरन नहीं थी, जो अपने चेहरे पर चिपकाई जा रही थी। यह ख़ालिस रंग तो उस घरेलू नज़र का था, जिसे मुझसे न कोई शिकवा था, न शिकायत थी। उस गृहलक्ष्मी ने तो फ़क़त अपनी मुबारक चौखट से हमारे जैसी बेघर-बाहर वाली नाचीज़ को देखा-भर था।

हमने बुरा नहीं मनाया। मनाएँ भी तो क्यों! नेकनामी का नशा अपने को कभी रहा भी नहीं। वे लाखों जतन, जो इस नेकनामी के लिए आदमी करता ही चला जाता है, अपनी हद के बाहर ही समझिए। साहब, जिसकी रिहायश लाल डोरे के बाहर हो, वह पंचों की राय अपने माथे पर काहे चढ़ाएगा? वह तो एक ढीठ बच्चे की तरह लापरवाह हो जाएगा। क़िस्सा-कोताह यह कि आज़ाद हो जाएगा।

'मित्रो मरजानी' के बाद हुआ कुछ ऐसा कि यार लोग हमें ही 'मित्रो' समझने लगे।

'यारों के यार' के बाद बातचीत करते हुए ऐसा इन्तज़ार भी रहने लगा कि अभी बोलचाल में ही गालियों के नगीने जड़ने लगूँगी। वैसे मुझे उनसे कोई परहेज़ नहीं। आज़मा कर देखा है, चीज़ काफ़ी पुरअसर है।

'सूरजमुखी' तक आते-आते यह मान लिया गया कि मैं अकसर पिये रहती हूँ। और अमुक वह है, वह है, और वह है। कई सीधी-सादी दोस्तियाँ इस हल्ले में रंगीन हो गईं।

हम वही-के-वही। पुराने। गाँव की मिट्टी के बने और शहर में पले। दिल्ली को महानगर कहने की हिम्मत हमारी कहाँ! हाँ, यह सच है कि गाँव और शहर की सब ख़ूबियाँ और कमज़ोरियाँ हममें एक साथ मौजूद हैं। खुलापन, तो जी भरकर। शहर का मुलम्मा, तो वह भी जी भरकर। हमें इसकी तसल्ली है कि हमने कभी किसी को 'टिप' न कम दिया और न ज़्यादा। हमारी नज़र में जितना बड़ा गुनाह कम देना है, उतना ही बड़ा फूहड़पन ज़्यादा देना भी।

सच कहें तो अपना देहातीपन हमने अपनी आत्मा में बचा रखा है। और शहरीपन अपने तौर-तरीक़े और लिबास में।

दुनिया की सब छोटी-बड़ी नियामतों के मुक़ाबले में गेहूँ की रोटी पर हज़ार-हज़ार बार फ़िदा हूँ।

चपाती ख़ूब अच्छी बनाती हूँ, तवे और तन्दूर, दोनों की। धीमी आँच पर बिना पानी का गोश्त और भी अच्छा।

हाँ, हम घरेलू कामों में क़तई दिलचस्पी नहीं रखते, लेकिन हाथ से कोई भी काम करने में न हमारा जी उलझता है, न सेहत ही गिरती है। नौकर-नौकरानी की मदद न रहने के पुराने पचड़े पर अपने घर का दस्तरखान ही वीरान कर डालने वाली 'शहीदी' हमारी संहिता में नहीं।

अकसर सपनों को झुठला जाते देखा है। शायद यही वजह है कि ऐसे सूखे में मैं छोटी-से-छोटी हरियाली को किसी भी ख़ज़ाने से ज़्यादा क़ीमती समझने लगती हूँ। किसी भी हरे टुकड़े को इस हद तक चाव से जीती हूँ कि उसी से ज़िन्दगी की भरपूर हरियाली महसूस कर सकूँ।

अपने को किसी के साथ क्योंकि कभी बाँटा नहीं है, इसलिए लौट-लपटकर अपना बिन्दु मैं ख़ुद ही बनी रहती हूँ। अपने से ही मुझे दूसरों को जानना होता है, इसलिए अपने में बनी भुलभूलैयों में जिधर से झाँकिए, अन्दर मैं ही मैं हूँ। इमारत क्योंकि भरी-पूरी नहीं, इसलिए हर बार पुकारने पर गुम्बद से टकराकर एक ही आवाज़ आती है—मैं। मैं ही। मैं ही। मैं। मैं...।

वह कशमकश यहाँ नहीं, जिससे व्यक्तित्व की विपरीत दिशाएँ उजागर होती हैं और आपको उस कड़ी में पिरो देती हैं, जहाँ आप कभी बड़े होते हैं, कभी छोटे। अपने को लेने-देने की, जमा-तफरीक की, दे देने की, और न देने की—ले लेने की और खोंस लेने तक की तालीम मिलती चली जाती है। ज़ाहिर है, ऐसी सतरंगी धारियाँ अपने में हमें कभी नहीं दीखीं। इस तरह के व्यावहारिक मामलों में हमारी हालत निहायत सीधी-सपाट होने की हद तक बोर है। जो हम चाहते नहीं हैं, नहीं चाहते। और जो चाहते हैं, बस चाहते हैं।

इसका दूसरा पहलू एक और भी है।

आपके पीछे आपकी कोई क़तार नहीं, इसलिए आप हर सामने वाली क़तार को, भीड़ को, समझने की कोशिश करते हैं। हर चीज़ के दोनों पहलुओं को तटस्थता से जाँचने की जुगत करते हैं। रिश्ता फिर भी आमने-सामने का रहता है। साथ-साथ जुड़े हुए लोगों का-सा नहीं।

यूँ अपनी सत्ता को, अपनेपन में बरक़रार रखने में भी एक हल्का-सा नशा है। लेकिन, दोस्तो, कभी किसी मौक़े पर आपको सिर्फ़ इमदाद की ही ज़रूरत हो, तो वह न आपको मिल सकेगी। अगर आपने अपने इर्द-गिर्द सम्बन्धों का जाल नहीं बिछा रखा, तो आप हर मामले में अकेले हैं। हमसे पूछिए, तो यही वह एहसास है, जो आपकी ख़ुदी को तराशता चला जाता है।

मैं बराबरी की दोस्ती ढंग से निभाती हूँ। क्योंकि कभी छोटे थे नहीं, बड़े कभी हुए नहीं, इसलिए यह अदा आज तक पाले हुए हैं।

हम क्योंकि किसी भी साहित्यिक गुटबन्दी के बाहर हैं, इसलिए हमारे सभी अदबी दोस्त हमें हमेशा गर्म-जोशी से मिलते हैं। साहबो, इस इंटलेक्चुअल बिरादरी में अगर किसी को फ़ायदा न दे सके, न किसी से

कुछ फ़ायदा ले ही सके, तो उसे बेमतलब कौन याद रखता चला जाएगा, इसका एहसास हमें है!

हम यह दोस्ती के ख़िलाफ़ नहीं, अपने हक़ में कह रहे हैं।

हमें मन-ही-मन इस बात का गुमान है कि हमें न अपने पाठकों से शिकायत है, न आलोचकों से और न ही अपने प्रकाशकों से।

यह 'त्रिलड़ी' बड़ी मुश्किल से बँधती है, इसलिए इस नाज़ुक रिश्ते से हम ज़्यादा छेड़छाड़ नहीं करते।

पाठक कम हों, तो हों।

आलोचक कभी रौ में आकर उन्नीस-बीस कह दें तो कह दें।

प्रकाशक छापने में देर करे, तो करे। किताब न बिके, तो न सही।

इन सबको 'साधने' और सहने के लिए हमने छाती पर पत्थर नहीं रखा हुआ। लेकिन साहब, हमें ख़ूब मालूम है कि एक अच्छे लेखक का जिगरा बड़ा और हिसाब कमज़ोर होना चाहिए।

कामयाब आदमी और कामयाब लेखक के रास्ते यक़ीनी तौर पर अलग-अलग हैं।

हमें सीधे-सादे लोग अच्छे लगते हैं। आमतौर पर यही वे लोग होते हैं, जिनकी आँखों में आप इनसान की ख़ुशियों, ग़मों, उम्मीदों, आस्थाओं का असली रूप-रंग देख सकते हैं। अजीब बात है, आदमी जितना ही ज्ञान-विज्ञान-मनोविज्ञान से लैस होकर बारीकी से ज़िन्दगी को देखने का, समझने का दावा करता है, उतना ही ज़िन्दगी से दूर होता चला जाता है।

मेरे एलबम में ऐसे लोगों के चेहरे हैं, जिन्हें मिलकर, जानकर, मैंने कुछ ऐसा पाया, जो किसी किताब में न पाया। ज़िन्दगी के प्यार से सराबोर, ज़िन्दगी से जूझने की सामर्थ्य, संघर्ष कर सकने का जीवट, रोने और रुलाने के बहाने, मजबूरियों और विवशताओं के गहरे कटाव, छोटी-छोटी, ख़ूबसूरत ख़ुशियों की बुनी जाली इन्हीं लोगों के दिल के सामने उगती है। चकती है और कट जाती है। यही वे लोग हैं, जो अपने आसपास की दुनिया से अपने होने को पहचानते हैं। अपने जीने को जानते हैं। लेखक एक दूसरे सिरे से बाहर वाली दुनिया परखता है, पहचानता है। फिर इसी ज़िन्दगी को दुबारा साहित्य के लिए बाँध लेता है।

वे लोग मेरे दोस्त कभी नहीं होते, जिन्हें हर हिलते कपड़े के नीचे कोई जिस्म ही नज़र आता है। उठी हुई बाँह खुजलाने को तत्पर और हर ज़िन्दादिल औरत-आदमी उन पर डोरे डालने की तैयारी में खड़ा दीखता है।

एक के साथ एक जुड़ी छतों वाले माहौल में शायद हवा और धूप पीता हर आकार इन्हें किसी-न-किसी में फँसा नज़र आता है।

मैं यह यक़ीन करना चाहती हूँ कि इन सड़ी परम्पराओं की तह तले अभी जंग नहीं लगा। वहाँ भी कुछ ताक़त है इस माहौल के शिकंजे को तोड़ डालने की। अपनी-अपनी छतों पर ज़िन्दगी की धूप सेंक सकने की।

मैं खुले में घूमना पसन्द करती हूँ। बँधे-बँधाए प्रोग्राम नहीं। रानीखेत जा रही हूँ तो मन हो जाने पर भुवाली उतरा जा सकता है।

रामगढ़ की ओर ही गए तो फिर पैदल ही मुक्तेश्वर। एक बार नौकुछिया ताल से कौसानी पहुँच गई। शायद जी न भरा था—वहीं अटका रहा था। त्रिशूल को मुँह अँधेरे देखा। शाम को भी। रात आँखें मूँदीं तो नौकुछिया के निर्जन किनारे रात-भर आँखों पर पहरा देते रहे।

समझ गई क्या चाहती हूँ। लौटकर वहीं पहुँची। पूरी दुपहर ताल-किनारे पगडंडी पर घूमती रही। नौकुछिया में पानी नीला था और किनारों से अटा वीरान सूनापन। एक ख़ाली-सूनी कॉटेज में नीले रंग पर ईसा को लटके देखा तो पाँव जड़ हो गए। आसपास कोई ऐसा दर्द था, जो हद से गुज़र जाने के बाद बेदर्द हो जाता है।

दार्जिलिंग से कलिंगपोंग जाते कोरोनेशन ब्रिज पर से मौत को झुठला जानेवाले अपने इरादे से सामना हो गया था। एक क्षण कितना लम्बा हो सकता है, मैंने इसको पहले कभी नहीं जाना था। तिस्सा और रणजीत के उफनते पानी और गहरी निलाई में पड़ते भँवर, किनारों पर छाये घने पेड़ और ऊपर चमकती संझा की धूप। जैसे किसी ने मुझे जकड़ लिया था। यहीं-यहीं-यहीं...

उस शाम दार्जिलिंग लौटकर मैंने किसी अदृश्य को पीठ दी थी।

डलहौजी से खाजियार जाती कालाटोप और डैन-कुंड। आसमान को छूते चीड़ और दूर दीखती नदियों की अलग-अलग धाराएँ। वहीं, एक बहुत ऊँचे पेड़ को क़त्ल होते देखा।

गर्दिश के दिन

टूटते-कटते उस पेड़ की भी क्या शान थी! कुल्हाड़ी तले कुछ ऐसे कि मारते चलो—खड़े हैं—न खड़े रह सकेंगे तो गिर जाएँगे। मर जाएँगे।

पुरानी बात है। एक शाम भुवाली के डाकबँगले में चाय ले रही थी कि पास खड़े ख़ानसामा की आँखों में मैंने जाने क्या पढ़ लिया। वह एक लम्हा था जिसने मुझे 'बादलों के घेरे' की मन्नो से एक कर दिया।

ख़ानसामा के ख़याल में मैं एक मरीज़ थी और सेनेटोरियम में रहने आई थी।

मैंने अपने सेहतमन्द होने के डिफेंस में सूटकेस की ताली ख़ानसामा को दे दी और गुसल लगा देने को कहा।

ख़ानसामा ने यक़ीन न करनेवाली नज़र से देखा। कुछ कहने को था कि मैंने खीज कर कड़े स्वर में कहा—पानी तेज़ गर्म होना चाहिए।

टॉवेल स्टैंड पर सुथरे दो तौलिये, साबुन, गर्म पानी...

एकाएक भयभीगी सिहरन बदन में दौड़ गई। कैसे नहाऊँगी? नहीं। यह बीमार जगह है। साफ़ जगह नहीं।

बीमारी के कीटाणु और लम्बा, बेरहम इलाज फ़र्श पर रेंगता हुआ मेरे बदन में सरसराने लगा।

न ग़ुसल किया, न हाथ-पाँव धोये। बाहर निकली और खुले में बैठ गई।

ख़ानसामा को कोई हैरानी नहीं हुई। दो-एक बार ताजी चाय दी, फिर अदब से कहा—हजूर, अब अन्दर जाना ठीक होगा। सरदी आपके लिए ठीक नहीं।

मैंने तिलमिलाती निगाह फेंकी तो जवाब में रहम-ही-रहम था।

बड़े ही मँजे, मुलायम अन्दाज़ में कहा—ठीक हो जाएँगी, हुजूर—ऊपर डॉक्टर बहुत अच्छे हैं।

मैं ख़ानसामा को नोच लेना चाहती थी। मेरे ख़िलाफ़ उनका फ़ैसला अटल था।

अन्दर आई—बिस्तर देखा कि बीमारी के ख़याल से तड़पने लगी।

ख़ानसामा को बुलाया और नफ़रत-भरी आवाज़ में कहा—हमारा सामान समेटकर सुबह भीमताल पहुँचा दीजिएगा। हम यहाँ से पाँच बजे चल देंगे।

—जो हुक्म साहिब!

मैं एक साथ अपने बदन में पैदा होती बीमारी की सहम और ख़ानसामा की अनुभवी आँखों में अपने लिए बेमतलब तरस महसूस कर सिकुड़ने लगी।

उस रात बिलकुल नहीं सोई। कमरे की मनहूस दीवारों पर ख़ानसामा की आँखें बार-बार विद्रूप करती रहीं।

सुबह की चाय आने के पहले मैं तैयार हो चर्च तक चक्कर लगा आई थी।

सामान और कुली के लिए पैसे दे मैंने ख़ानसामा को भरपूर तरेरा और इनाम का नोट बढ़ा रोबीले अन्दाज़ से कहा—ख़ानसामा साहब, हम उस बीमारी के मरीज़ नहीं, जिसका आपको शक है। ख़ुदा न करे कभी हों। वैसे आपने हमें रात-भर के लिए ज़रूर मरीज़ बनाकर ही दम लिया।

ख़ानसामा का अदब-क़ायदा उनकी इमदाद को आ खड़ा हुआ।

—ग़लती के लिए माफ़ी, हुज़ूर। शक यूँ गुज़रा कि रजिस्टर में नाम भरते आप कुछ सोचने लगी थीं। आने का मक़सद पूछने पर आपने कहा, हमें कोई काम तो यहाँ नहीं, रानीखेत जा रहे थे, रास्ते में उतर गए। गुस्ताख़ी माफ़, हुज़ूर, भुवाली पर कोई सैलानी क्यों उतरने लगा!

ऐसे 'एंगिल' की पर-कटी आँख को हमने बहुत बार लोगों पर झपटते देखा है।

तुक्का एक ही तीर का।

अपनी अंधी खुर्दबीन से जिसे देखा, जब देखा, उसका आधा हिस्सा ही ग़ायब हो गया। सच पूछिए, तो ज़िन्दगी और ज़िन्दगी जीने वालों की बेशुमार तहें ऐसी हैं, जिन्हें कानी आँख नहीं देख सकती। अपने को अपने ही तंग, छोटे दिल से आज़ाद करना बेहद ज़रूरी है। साहित्यकार के निकट यह पहली शर्त है। सिर्फ़ वही न देखे जो सतह के ऊपर दीखता है। वह भी जाँचे, जो दीखता नहीं है और तह के नीचे है। अन्धी आँख का साहित्य साहित्य नहीं, खिड़कीबाजी है।

एक कड़कड़ाती दुपहरी। खजियार से पैदल चंबा। तपती चट्टानों पर पाँव जलने लगे। हलक सूखने लगा। गर्मी से निढाल हो जाती थी कि मोड़ पर से

इरावती का तेज़ पानी दीख गया। दौड़ने लगी। इरावती में डुबकी लगाऊँगी, जी भर-भरकर नहाऊँगी।

नीचे किनारे पर पहुँची तो पाँव गर्म चट्टानों पर ही जम गए।

इरावती का वेग, मुड़ती धारा का हरहराता शोर—ख़तरे ने मेरी आँखें लीप दी थीं।

दरियाओं के सुहाने बहते पानियों की बात सोच-सोचकर सुख होता है कि हम भी पैदा हुए एक ऐसे भागी-भरे, अलबेले दरिया के किनारे। उसकी शोख़, ज़बान कहानियाँ जहान में मशहूर हैं।

मीठा, अनोखा नाम उस दरिया का—चनाब। चनाब के किनारे हर बरस बैसाखी के मेले जुड़ते। दुधेरी आँचलों वाली माँओं की झोलियों में नए बच्चे सुच्चे गुलाब की पंखुड़ियों से चनाब का पानी चखते। जहाँ ऊँचे, हट्टे-कट्टे गबरू तहबन्द के पल्लू लटकाए खेतों की रखवाली करते। जेहलम और चनाब के बीच की धरती पर यही कद्दावर जने हाड़-मांस और लहू के पेड़ बन जाते।

वहीं, उस आब-भरी धरती पर, हम भी खेला किए।

आँखों में खुब जानेवाली दुल्हिनें। ठस्से और नखरे से पेड़े उठातीं, झनकार करती बाँहें, तन्दूर पर झुकी गोरी, तपते रंग वाली मुटियारें—वो धरती, वो फ़सलें, वो दरिया, वो लहलहाते दरियाओं के किनारे—सब छूट गए।

अब उस धरती की बरकतों को कौन जीते-जी माथे से लगा सकेगा? कौन उस पानी को ओठों से छुआ सकेगा?

सियासत ने कुदरत के रास्ते बदल डाले। दरियाओं के रुख़ पलट डाले। वतनों के नक़्शे बदल डाले। कौन जाने उन राहों की राहदारी कब खुले!

कब खुलेगी? जब पुरानी यादों को सँजोकर रखनेवाले धड़कते दिल मिट्टी हो जाएँगे? कुओं पर छाँह देते पुराने पीपल सिर्फ़ पेड़ बनकर रह जाएँगे। दरियाओं के चेहरे सिर्फ़ भूगोल के नाम—शायद तब दोनों ओर से फाटक खुलेंगे...

बहुत देर हो चुकी उस पानी को छुए—उस हवा को पिये।

एक राज़ की बात बताएँ। उस पानी और हवा को हमने लोहे के एक सन्दूक़ में बन्द कर रखा है।

इसका खोल मैला हो गया है। बदरंग भी। फिर भी इसे खोलने की हिम्मत नहीं होती।

इस सन्दूक़ से मुझे आज भी पकी फ़सलों की गन्ध आती है। धूप में सरसों की बासंती चूनर दीखती है। उन सच्ची, सगी राहों को गुँजाती घोड़ों की टाप सुन पड़ती है। राहटों की सुहानी लय कानों पर ढुक जाती है...

अपने आगे आप ही बेबस हूँ।

फिर भी इन्तज़ार है उस घड़ी का—जब ज़िन्दा हाथों से उसे खोल सकूँ।

दोस्तो, ज़िन्दगी में कभी खुल गया तो फिर मुलाक़ात होगी।

ख़ुदा हाफ़िज़!

रचना का गर्भगृह

रचना का गर्भगृह, रचना के पाताल में जिसे लेखक को खोजना पड़ता है। रचना की तासीर उसकी बनावट और बुनावट जो पहली पंक्ति में जनमती है वह अपने कलात्मक गुण-गूँथ और सत्य की समग्रता में अपनापन अर्जित करती है। कहना यह चाहती हूँ कि लेखक उसका सर्जक है लेकिन कृति उसका लिप्यन्तर नहीं।

लेखक ने उसे आकार दिया है, विचार दिया है। अर्थ और मर्म भी। वह लेखक की आत्मा से जुड़ा है लेकिन घटित हो जाने के बाद वह साहित्य की प्रबुद्ध और पाठकीय दुनिया का सामना, अपनी संज्ञा में नितान्त अपने अधिकार में बिना लेखक की धकेल के करती है। लेखक और रचना के अन्तरंग और बहिरंग में जो भी घटित है वह रचना के उगने-बढ़ने के दरमियान रचनात्मक धरातल के सहमूल्यन में उभर कर अपने स्थान पर स्थित हुआ है।

कोरे पन्ने पर भी लेखक और लेखन दो होते हैं। एक वह जो अपने बाहर को भरपूर जीता है। दूसरा वह जो अपने अन्दर के एकान्त को गहरे तक सींचता है। बाहर की गरमाहट को अन्दर तक खींचता है। अन्तर की नमी को अपने संवेदन में सोख लेता है। अगर ऐसा नहीं होता तो लेखक या तो ओढ़ी

हुई गम्भीरता का शिकार होता है और या एक तरह की भावुकता का। दोनों लेखक की सेहत के लिए हानिकारक।

महत्त्वपूर्ण हो उठता है कि क्या रचनाकार अपनी रचना को अपने से अलग रखकर उसकी जाँच करने की क्षमता रखता है। क्या वह रचना के आन्तरिक बिन्दु से बाहर आने तक का फ़ासला माप सकता है। यह भी कि क्या लेखक स्वयं अपनी आड़ से रचना को झाँकता है कि अपने से हटकर उसकी पहचान करने की सामर्थ्य जुटाता है।

रचना का तापमान, उसका पर्यावरण उस भाषा से बनता है जो उस रचना का मर्म, अर्थ और भाव संयोजित करती है। अपने बारे में कह सकती हूँ कि हर रचना अपनी शर्तों पर मुझे प्रतिस्थापित करती है। मेरे चैतन्य में प्रवेश करती है। उस मेहमान की तरह जो अपनी मूल्यवान उपस्थिति से या तो मेरा कोष भर सकता है या मुझे नीलाम कर सकता है।

भाषा और विचार-भाव की जुगलबन्दी में बौद्धिक ऊर्जा के टुकड़ों में लेखक प्रकट होता है या रचनात्मक लचक न होने से स्थिर खड़ा रहता है और कृति समाप्त हो जाती है। सृजन-पट्टी पर भाषाओं का आधिपत्य रहता है।

भाषा हर वर्ग के साथ बदलती है। हर पात्र के साथ भी। हर स्थिति के साथ भी।

आपसे बाँट लूँ कि मेरे यहाँ मेरे और भाषा के बीच में शुभ-दृष्टि से एक दूसरे को नहीं देखा जाता। वहाँ बाक़ायदा मुठभेड़ की स्थिति होती है।

विचार और शब्द की कशमकश में लेखक वैराग्य भाव से उस पूँजी को सहेजता है जो रचना की है, उसकी अपनी नहीं। रचना की प्रतीति रचनाकार को उस क्रियाहीन एकान्त में होती है जहाँ बेमेल ध्वनि, स्वर, रूप-रंग, शब्द और विचार अपने रहस्य को विस्मयकारी ढंग से उद्घाटित करते हैं।

कहना चाहूँगी कि रचनात्मकता के स्तर पर जो भाषा सहज, सीधी और लचकदार लगती है, लेखक से वह उतने ही कड़े संयम की माँग करती है। लेखक की भाषा के साथ जुड़ा है उसका व्यक्तित्व, आत्मा का संस्कार, रोज़मर्रा का संसार उसके भाषायी चुनाव और इन सब में से छनकर निकली उसकी भरपूर जीवन-दृष्टि।

यहाँ से आगे बढ़ती हूँ अपने को समेटने के लिए।

लेखक अपने जीने की साधारणता को सृजन की असाधारणता में बदलता है। वह साहित्य के संस्कार और रचनात्मकता के जीवन्त स्रोतों से जानता है कि हर इनसान दो बार जन्म लेता है। एक बार जब वह जन्म देता है। इसी मूल भाव में वह जीवन की साँझ को, सन्ध्या को समर्पित होता है। आख़िर में लेखक से अलग मेरी कोई पहचान ही नहीं है। इसके नाते मेरा लेखन मेरे होने और मेरे जीने से अलग नहीं।

दोस्तो हम सभी जानते हैं कि व्यवस्था का शस्त्र ही शास्त्र है। शक्ति-संरचना के घटक कहाँ से कहाँ तक फैले हैं—इसकी जानकारी लेखक चौकसी से जुटाता है। मीडिया का बाज़ार उससे दूर नहीं।

कोंचता है, कुरेदता है यह ख़याल कि समाज और साहित्य क्या एक ही केन्द्रीय खूँटे से बँध जाएँगे। ख़ुश है राजनीति। क्या बाज़ार ही कृति के साहित्यिक मानदंडों को तय करेगा या राजनीति। क्या रचनात्मक साहित्य अपने आत्मगत सर्जनात्मक आत्मरूप से जुड़ा रह सकेगा?

क्या साहित्यकार पद, प्रभुता और साधन सफलता के साथ टंकित होकर साहित्य की युगों पुरानी साधनानिष्ठ सम्भावनाओं को बरक़रार रख सकेगा। हाई-वे ग्लोबल बाज़ार के दबाव तले लेखक, व्यापारिक स्थितियों का किस औचित्य से निर्वाह कर सकेगा। इनाम क्या लेखकीय सम्मान को सुरक्षित रख पाएगा?

मित्रो, सन्दूकची और बन्दूकची के इस ज़माने में यह दुविधा मात्र मेरी ही पीढ़ी की नहीं—इसे यक़ीन के साथ कहा जा सकता है। हमारी ताज़ी पौध भी इस उलझन में है कि भारतीय साहित्यकार सिनेमा, टीवी, रेडियो जैसे प्रचार-प्रसार के साधनों और विज्ञापन के शोर तले अपनी बौद्धिक अस्मिता को कहाँ तक बरक़रार रख सकेंगे!

राजनीति के वर्चस्व के निर्देशों को क्या साहित्य अपने मूल मंत्र और विचार-विवेक की धारणाओं के नए 'खोल' में कस सकेगा? क्या सांस्कृतिक हस्तक्षेप का मुद्दा राजनीति से अलग रह सकेगा?

मित्रो इस मसले पर ग़ौर करें—ऐसा न हो कि आप सोचने लगें कि

लेखक नाकारा होकर इस दखलअन्दाज़ी को मुद्दा बना रहे हैं। हम यह मानकर चलते हैं कि सत्ता और हमारे सम्बन्ध परस्पर के नहीं। लेखक के पास ऐसा बल नहीं कि वह अपने पर गुमान करे। ऐसी बारीक समस्याओं का समाधान करे। धर्म को छोड़ राजनीति के लिए, तो लेखक की नैतिकता और परम्परागत मानव मूल्य स्वयं अपना समाधान करेंगे। आप से पूछना चाहती हूँ—क्या हम कर सकेंगे?

शायद। पर सिरदर्दी का इलाज करने के लिए हमें पहननी पड़ेगी एक ईमानदार शर्ट। हमें अपने आप ईमानदार होने की ज़रूरत नहीं। ईमान का पहरन काफ़ी है। दोस्तो ऐसी सटीक और पुरज़ोर है विज्ञापन की भाषा। दो टूक बयान और बखान। साहित्य की सूक्ष्म वृत्ति का आधार लेकर भी इन साधनों के प्रचार हेतु हमें बहुत कुछ सीखना पड़ेगा। यह व्यावसायिक प्रभाव हमारी भाषा को बदलेगा। उसे नुकीला करेगा और लोकप्रियता से सस्ता भी।

भाषा की ओर मुड़ें। भाषा मात्र शब्द नहीं। भाषा वह है जिसे आप जीते हैं। जिसे हम जीते हैं वैसे ही शब्दों का चुनाव हम अपनी भाषा में करते हैं। शब्द वही हैं, व्याकरण और वर्तनी वही है। फिर क्या है जो एक पाठ को दूसरे से अलग कर देता है।

क्या शब्द?

हाँ। शब्द भी।

हर शब्द की अपनी लय ताल एक सुर।

हर शब्द का अपना एक मुखड़ा।

हर शब्द का मौन।

शब्दों के भी घराने होते हैं।

और घरानों का एक पूरा क़ायदा तालीम।

धन्धे के साथ भी भाषा बदलती है। और उसके साथ बदलती है बोलने वाले की देहभाषा।

अपनी भाषा के हवाले से बात को साफ़ करूँगी।

हर कृति के साथ भाषा बदलती चली गई है। बिना प्रयास के।

शताब्दी की पहली चौथ में जन्मी मेरी पीढ़ी ने देश के दो विरोधी तत्त्वों को आमने-सामने से देखा है। टकराहट को देखा है। देशी प्रजा और विदेशी हुक्मरान। दो संस्कृतियाँ, दो शैलियाँ।

इतिहास और भूगोल में उलझे दो पक्षों की मैत्री देखी है और टकराहट भी। दुश्मनी भी। गांधी की अहिंसात्मक लड़ाई और सुभाष की सैनिक क्रान्ति। सनातन धर्म और आर्यसमाज।

गुरुकुल कांगड़ी और कॉलेज विभाग। कांग्रेस और क्रान्तिकारी।

इन्कलाबी और सरकारी बिरादरी। तुलनात्मक शोर की कोई कमी नहीं थी।

जिमीदारा पार्टी और मुस्लिम लीग—

सिंह सभा और किसान सभा।

फिर आज़ादी के पहले और आज़ादी के बाद।

कैसे तराशी जाती है भाषा। मौलवी जी से उर्दू पढ़ रहे हैं और पंडित जी से सत्यार्थ प्रकाश। शिमला और दिल्ली के स्कूलों में अंग्रेज़ी। अंग्रेज़ी से हिन्दी में अनुवाद किया जा रहा है। अपनी देसी अस्मिता के लिए ऐसे परिदृश्य से उभरकर अगर मेरी भाषा में जान न हो, दमखम न हो, शब्दों का सही चुनाव न हो तो मित्रों यह जाती हुई शताब्दी मुझे माफ़ नहीं करेगी।

मैं याद दिलाना चाहूँगी कि भाषा और बोलियों का आपसी आदान-प्रदान किसी भी भाषा के लिए वरदान है। भाषा की शब्द-सम्पदा और अभिव्यक्ति की सम्पन्नता गहरे तक इससे जुड़ी है। भाषा की विशुद्धता पर ज़रूरत से ज़्यादा ज़ोर देना भाषा की स्फूर्ति छीन लेता है। हमें बोलियों की ओर देखना है। उनके स्रोत से वह सब चुनना है जो हमारे भाषायी संस्कार को समृद्ध करता है।

अन्यथा न लें, 'ज़िन्दगीनामा' को रचनात्मक रूप देने के लिए मुझे वृत्तान्त और संवाद का मुखड़ा खेतिहर ग्रामीण संस्कृति से उठाना था। पाली और प्रकृति की शब्दध्वनियाँ जो उनकी बोली में मौजूद थीं—मैंने उन्हें वैसे ही अंकित किया। संस्कृत के अनेक शब्द भाव जो उस इलाक़े की भाषा में लीन हो चुके थे, वह वैसे-के-वैसे रख लिए गए।

यह निर्णय गम्भीरता से लिया गया था। चुनौती थी। लेखक को उस वक़्त

को—इसी शताब्दी के आरम्भ को अंकित करना था। ज़िन्दा करना था किसानों को, मौसमों और फ़सलों को, लोकगीतों और कवित्तों को—उस पर्यावरण को घनत्व देते—गाय, भैंसों, बछड़े, बल्द और घोड़ों को। इस पूरे संसार को कैसे और क्यों आप शहराती मुखड़े में प्रस्तुत करते! सँवरी हुई, मुलायम भाषा में सुबह भोर थी।

दुपहर 'शिखर दुपहर' थी। शाम—त्रिकाल बेला थी। शब्द इस्तेमाल होते आए थे। जान लिया लेखक ने कि इन ध्वनियों को छूने और बदलने का अधिकार लेखक के पास नहीं। उनके पास है जो इस खेतिहर किसानों की रियाया है। प्रजा है। उन्हीं का वाचन है।

यह साम्राज्य उनका है जो इसे जीते आए हैं। हल चलाते आए हैं, बीज बोते आए हैं, फ़सलें उगाते आए हैं। ऐसे में लेखक मुख्य पात्र नहीं, गौण है।

दोस्तो, ठीक इसके विपरीत उभरी 'ऐ लड़की' की भाषा। इसके सहजपन में लेखक ने कहीं कोई अतिरिक्त महसूस नहीं किया।

जल नदियों की ओर
नदियाँ सागर की ओर
प्राण मुक्ति की ओर।

जाने अभी कितना रास्ता बाक़ी है। यह लोक तो पड़ाव ही ठहरा। नींद में जैसे कोई बारिश की आवाज़ सुनता है न, ऐसे ही कोई बीता वक़्त सुन रही हूँ।

दोस्तो कभी अनजाने में ही आप किसी एक सार्थक पंक्ति का इन्तज़ार बरसों करते हैं। और अचानक किसी क्षण वह शब्दों की गूँथ बनकर दिल से दिमाग़ की ओर या दिमाग़ से दिल की ओर उतर जाती है।

विषयान्तर करूँगी और लेखक के नागरिक स्वरूप की ओर बढ़ूँगी। स्वीकार करूँगी कि इस देश का नागरिक होने के नाते लम्बे दशकों में अपने राष्ट्रीय परिदृश्य को संयम और परिपक्व लचीलेपन से पढ़ती रही हूँ। हमारी युवा

पीढ़ी जल्दी से प्रौढ़ हो गई थी। देखते-देखते विभाजन ने सपनों को एक ख़ौफ़नाक ऐतिहासिक फ़ैसले में बदल दिया। अपनी जड़ों से उखड़े लाखों-लाखों विस्थापित उधर से इधर और इधर से उधर पहुँचने को काफ़िलों में निकल पड़े। नफ़रत, हिंसा, मार-काट और आगजनी का माहौल था। नेताओं द्वारा किए गए इस ऐतिहासिक निर्णय को दोनों ओर की जनता कैसे देख रही थी, यह इतिहास का विषय है। इस पार से उस पार—लाशों से अटी पड़ी थीं दोनों ओर की सीमाएँ, रेलगाड़ियाँ, नहरें, नदियाँ। हमारे उखड़े परिवारों ने सिर्फ़ घर, बाहर और बेटे-बेटियाँ ही नहीं खोई थीं, पीढ़ियों का सुख-चैन तबाह हो चुका था।

दोस्तो, ग़ौर करें ऐसे समयों में भी—दोनों ओर से ऐसे लोग मौजूद थे जो सब कुछ खोकर भी मानवीय आस्थाओं में विश्वास रखे हुए थे। इन फ़ैसलों को राजनीतिक त्रासदी समझकर अपने को दुबारा क़ायम करने की कोशिश में थे।

विभाजन को झेले हुए समय की प्राचीन हूँ। आपसे बाँट लूँ कि मेरी धर्म-निरपेक्षता को पिछले पचास वर्षों में किसी साम्प्रदायिकता ने घायल नहीं किया। बँटवारे के बाद सबसे बड़ी चोट बाबरी मस्जिद प्रसंग था।

यह प्रसंग इसलिए कि भारतीय मानस की आस्था सकारात्मक संस्कार के निकट है। जो भी ऐसा विश्वास रखते हैं वह अपने पर जबर्दस्ती नहीं करते और न ही दूसरों के सिद्धान्त में दखलअन्दाज़ी करने के इरादे से इसे प्रकट करते हैं।

इस मुद्दे को साफ़ करना ज़रूरी है। जो दुनिया जैसी है, उन्हें विचारधाराएँ अपने-अपने 'एजेंडा' के मुताबिक़ बदलना चाहती हैं। वह यह मानकर चलती हैं कि वह समाज को एक ख़ास परिधि में स्थित करने की और बदलने की क्षमता रखती हैं। इसका सबसे बड़ा विरोधाभास यह है कि वह नागरिक समाज को बदलना चाहती हैं मगर हर उस परिवर्तन का विरोध करती हैं जो उनके नियंत्रण को ढीला करे। इस बिन्दु को लेकर हर प्रबुद्ध नागरिक यह समझना चाहता है कि 'विचार' की ऐसी चौखट प्रतिरोधों के बावजूद जिसे बदलना चाहती है वह क्या उदार प्रजातंत्र है।

जब लेखक प्रकाशक और प्रकाशन के सब रिकॉर्ड उलट-पुलट जाएँ तो कहीं जाकर उपन्यास 'ज़िन्दगीनामा' बनता है।

1952 का ज़िक्र है।

भारती भंडार इलाहाबाद के वाचस्पति पाठक और बी.पी. ठाकुर किसी अपनी ही तरह के झमेलों में फँस जाएँ लल्लूप्रसाद जैसे वरिष्ठ प्रूफ़रीडर के कारण तो साढ़े तीन सौ पृष्ठ छपने के बाद लेखक का पहला उपन्यास प्रकाशित होने से रह जाता है।

तब? तब को थोड़ी देर के लिए भूलते हैं।

जब पहली बार उपन्यास की पांडुलिपि अज्ञेय देखें—इसका अंश 'प्रतीक' में छापें—

अश्क और कमलेश्वर जैसे जब इसकी प्रेस कॉपी बनवाने में लेखक की मदद करें—लेखक बिलकुल नौसिखिया—

जब वाचस्पति पाठक लेखक की सम्भावनाओं पर उसे शाबाशी दें।

जब प्रूफ़रीडर साहिब शुद्ध हिन्दी रूप के लिए शाहनी को 'शाह पत्नी' करें। काका को 'लल्लू', रुख़ को 'वृक्ष', धी को 'मुनिया' और दरिया को 'नदी' करें।

जब नौसिखिया एक उपन्यास का लेखक इस पर ऐतराज करे।

तब 'चन्ना' से 'ज़िन्दगीनामा' बनता है। और बरस लगते हैं—बीस-पच्चीस।

दोस्तो, चौंकिए नहीं—यह पहला उपन्यास मैंने 1952 में लिखा था। प्रकाशक से वापस लिया गया। पेटी में बन्द हो गया। बरसों बाद राजकमल प्रकाशन की शीला सन्धू साहिब की धकेल से यह बाहर निकला। यह कुछ कम-सी घटना नहीं थी।

राजकमल के मोहन गुप्त की मदद से इसकी टाइप कॉपी को तरतीब दी गई।

प्रेस में जाने से पहले फिर से लेखक की मेज़ पर पहुँच गया। इस बीच में लेखक छपे हुए पृष्ठों के लिए काग़ज़ और छपाई का भुगतान कर चुका था।

इस लेखक ने एक रात दो बजे इस पर नज़र मारी और फ़ैसला किया कि इसे दुबारा लिखा जाए।

इस निर्णय पर कहीं कोई परेशानी नहीं थी। सिर्फ़ इसलिए कि पांडुलिपि में एक अच्छे उपन्यास की सम्भावनाएँ (बड़ा जालिम शब्द है यह) मौजूद थीं। पाठक जी को भी सम्भावनाएँ ही नज़र आई थीं। उससे इतना तो मालूम था कि पाँच-छह साल कहीं नहीं गए। 28 अगस्त, 1974 को दुबारा लिखना शुरू किया और वही हुआ। 1979 में छपा। प्रकाशक से प्रार्थना की कि कृपा करके इसके फ़ार्म मुझे न दिखाइएगा।

ज़िन्दगी में इतना वक़्त कहाँ पड़ा है कि चश्मे में से दुबारा ग़लतियाँ देख लूँ।

दोस्तो ज़िन्दगीनामा के प्रकाशन के बाद अभी इसके खाते में 12 बरस और लग चुके हैं। कुछ और लगेंगे।

'ज़िन्दगीनामा' के सिर्फ़ अंश 'सारिका' में प्रकाशित हुए। अल्लाह के फ़ज़ल से और मुबारकें—

और—

ज़िन्दगीनामा के लिए मेरे सम्पादक हुए कन्हैयालाल 'नन्दन'।

सो दोस्तो 1952 से लेकर 1992 तक भी इस उपन्यास ने मेरे लेखक को घेरे रखा है।

ख़ैर साहिब यह भी चलेगा। आख़िर लेखक को वक़्त की क्या कमी। कोई कमी नहीं।

वाचस्पति पाठक के पत्र की कुछ पंक्तियाँ पढ़कर इस प्रसंग को ख़त्म करूँगी। 1978 का पत्र है—

"सोबती जी, हशमत ने मुझे उस किताब की याद दिलाई जिसे मैं अपने अनजाने, मूर्खता से चौपट कर रहा था। मैं चाहता हूँ कि आप उसे मुक्त कर दें। वह छप जाए तो मुझे सन्तोष हो। यह बात मुझे सालती रहती है। मेरी हार्दिक इच्छा है कि आप उसे लोकभारती को दे दें। वह शीघ्र सुन्दर रूप में छाप दें और मेरे मन का काँटा निकल जाए।"

दोस्तो काँटे वाले मुहावरे का मैंने जी भरकर लुत्फ़ उठाया। कितना? यह अपना दिल ही जानता है। आन्छीं। जुकाम। दिल के सुनसान में से निकलकर कोई एक पैग़ाम आया—पैग़ाम क्या—एक काँटा अपने को चुभ गया। एक

काँटे से लेखक के पच्चीस बरस पुँछ गए। उठ बे वो लेखक के बच्चे—उठकर काम कर। इस सरदी में इन्तजाम कर।

किसका भला?

वही काग़ज़-क़लम। गर्म दूध। नहीं तो चालान हो जाएगी।

दोस्तो लेखक बड़ा सख़्त जान होता है। इसमें दो 'हम' इकट्ठा होते हैं। मतलब कि—

इस पर रोशनी न ही डालें तो अच्छा है!

लेखक सबका शागिर्द है और किसी का उस्ताद नहीं

पेशे-ख़िदमत है एक पुरानी जनम-तारीख़ की दास्तान। अपने लम्बे सफ़र का जायज़ा लेने जा रही हूँ, इसलिए ऐतिहासिक महसूस कर रही हूँ। इतिहास नया भी और पुराना भी। पिछली सदी के ख़ासे बड़े हिस्से को जिया है और अब सन् 2000 में श्रोताओं की महापंचायत में प्रस्तुत हूँ। एक देश में जनम लेने, उसकी धरती पर क़दम भरने, कन्धे-से-कन्धा मिलाकर चलने के लिए रिश्ते बहुत गहरे हुआ करते हैं।

एक साथ कई पीढ़ियाँ उभरती हैं। सँवरती हैं। आनेवाली पीढ़ियों के लिए एक बेहतर दुनिया बनाने के लिए संघर्ष करती हैं। अपने विश्वासों और मूल्यों के लिए जूझती हैं और नए मानदंड क़ायम करती हैं।

मेरी ख़ासी प्राचीन पुरानी पीढ़ी और आगे की युवा पीढ़ियों ने अपने देश के पुराने इतिहास को नए में तब्दील होते देखा है। लम्बी ग़ुलामी के बाद आज़ाद होते देखा है। हमारे आपके आगे और उनसे भी आगे के ताज़े बच्चे आज़ाद देश की पौध हैं।

हम से कहीं ज़्यादा चौकन्ने तेज़तर्रार और ऊँची छलाँगों में कामयाबियाँ हासिल करनेवाले। उनकी ज़िन्दाबादियाँ बुलाना चाहती हूँ। क्योंकि मैं उन्हें पिछवाड़े से नहीं देख रही। उनके साथ चलकर उनकी पहचान करती रही हूँ। आज़ादी के बाद राष्ट्र की बन्दिश से नई संभावनाएँ और नए मूल्य प्रवाहित हुए हैं। हमारे विशाल लोकतंत्र में जो सबसे क़ीमती अहसास जाग्रत हुआ है—वह है नागरिकों की बराबरी का। संविधान द्वारा दिया गया बराबरी का अधिकार बेशक़ीमती है। मूल्यवान!

दोस्तो आप तक पहुँचाना चाहती हूँ कि मेरे लेखकीय सरोकारों में बराबरी और व्यक्ति-स्वतंत्रता का पक्ष मुख्य स्वर है। मानवीय संवेदन के उदात्त की यह कुंजी है। इसे अनदेखा कर अपने में खो जाना कब संभव है। यह देश धड़कता है हर नागरिक के दिल में।

किसी भी देश में जनमने के कुछ अधिकार होते हैं। यहाँ की मिट्टी और पानी के साँचे में ढलने के। मौसमों, ऋतुओं और आबोहवा को अपनी साँस में भरने के। इनकी पूर्ति का संकल्प व्यवस्था के जिम्मे है। और इसका इतिहास हर नागरिक की संज्ञा से जुड़ा है। नागरिक संस्कृति हर नागरिक के लिए बराबरी चाहती है। अमीर और ग़रीब में फ़र्क़ न हो। शहरी और ग्रामीण में फ़र्क़ न हो। रोज़ी-रोटी को लेकर, स्त्री और पुरुष में फ़र्क़ न हो। वर्गों के दरमियान का फ़ासला ऊँच-नीच का न हो। दलित और सवर्ण की दूरी को शिक्षा पाट दे। ऐसा भारत हमारा सपना है।

यह है देश हमारा। क्या आप कभी खारदूला पर खड़े हुए हैं! क्या आपने टाइगर हिल्स दार्जिलिंग पर सूर्योदय देखा है! क्या माऊंट आबू पर सूर्यास्त देखा है! क्या हर मोड़ से दीखती कंचनजंघा देखी है! क्या चीना पीक से बदरीनाथ का कलश देखा है! क्या चश्माशाही पर षटकोण की परिक्रमा की है! क्या लद्दाख में लेह का आकाश देखा है—क्या-क्या गिना जाए! पहाड़ों-नदियों, सागरों, पठारों, तालों, झीलों और शिखरों से सजा हमारा यह देश!

महिला नागरिक होने के नाते मैं अपने को पुरुष नागरिक से क़तई कम नहीं समझती और न पुरुष लेखक के मुक़ाबले अपने को कमतर। लेखन एक

ऐसा अनुशासन है जहाँ आपका अनुभव, अन्तर्दृष्टियाँ और बौद्धिक विवेक आपके रचनात्मक स्तर को तय करते हैं। उसकी क्षमताओं और सीमाओं को कलात्मक तराजू पर रखते हैं। किसी भी अच्छे पाठ की प्रामाणिकता को सही करने की दक्षता सिर्फ़ आलोचक के पास नहीं। वह पाठक की पाठकीय प्रतिक्रिया से भी जुड़ी है। दोस्तो अपने और अपने लेखन को लेकर मैंने ग़लतफ़हमियाँ और मुग़ालते नहीं पाल रखे।

जानती हूँ कि कृति के पात्रों को जीता कोई और है—लिखता कोई और है और पढ़ता कोई और है। लेखक एक निमित-भर है। साहित्य का यही रोमांस है। साहित्य का यही रोमान है। लिये चलती हूँ अब आपको अपने बचपन की ओर—पहाड़ों पर। शिमला। पहाड़ों पर मैं अब भी ख़ूब चुस्त-दुरुस्त और फुर्तीला महसूस करती हूँ। माल पर चलते हुए लगता है दूसरे लोग चल रहे हैं और मैं दौड़ रही हूँ।

पुराने वक़्तों के अभ्यास चलते हैं क़दमों के साथ-साथ। दोस्तो मैंने अपने लिए एक ऐसी जूती तो जुटाई है जो न पाँव में खुली है, न तंग है, माप में इतनी सही कि लेखकीय स्वाभिमान और ख़ुद्दारी से सिर उठाकर चल सके। ऐसी जूती की दरकार हम सब लेखकों को है।

कल्पना कीजिए—मैं सात-आठ बरस की एक छोटी लड़की। गुलाबी नीली धारीदार फ्रॉक और बालों में रिबन। टीन की छत पर बूँदें सुन पड़ीं तो कमरे से उठ बरामदे में आ खड़ी हुई। खड़ी रही। देखती रही। पहाड़, बादल, आकाश, झरती बूँदें—ढलता सूरज, बादलों के रंग-बिरंगे आकारों में से उभरती लालिमा। जाने क्या-क्या देख रही थी—देखती चली गई और फिर एकाएक देखी अँधेरे में जगमगाती बत्तियाँ।

सुबह उठी। फिर वही बरामदा। पहाड़ी के धुले हुए मुखड़े कितने ही शेड हरियाली के और बीच-बीच में टिमकों की तरह टिमकती लाल छतें!

गिरजाघर से आता घंटियों का शोर! उतावली से काग़ज़-पेंसिल निकाले और सहज ही जो मुझमें जगीं वह पक्तियाँ लाइनदार काग़ज़ पर अंकित कर दीं। अपनी पहली कविता आप से बाँट रही हूँ—

मैं मुस्कुराती-सी सुबह
ढलती हुई या शाम हूँ
मैं मिटनेवालों का
युगों तक रहनेवाला नाम हूँ।

यह कविता लिखी गई मगर साहिब मैं कवि नहीं बन सकी, उपन्यासकार बन गई। हाँ यह वे दिन थे जब शिमला में हम लोग ऐसी पंक्तियाँ भी दोहराया करते थे।

अप-अप है गाँधी सच्चा
डाउन-डाउन है टोडी बच्चा।

शिमला में ही हमने पहली बार महात्मा गाँधी को देखा। ऐसे देखा कि लगा किसी अवतार को देख लिया हो। रात खाने की मेज़ पर हमें समझाया गया कि बापू वह हस्ती हैं जिसने अंग्रेज़ी हुकूमत को ललकारा है। हमें नाज़ हुआ कि शिमला में सबसे ऊँची शख़्सियत सिर्फ़ वायसराय ही नहीं—बापू भी हैं जिनकी प्रार्थना सभा में शिमला का दिल लगा था। सारा शहर उमड़ा पड़ा था। हाँ उन दिनों शिमला के बच्चों के लिए वह रेल-कार भी आकर्षण का केन्द्र थी जिसमें वायसराय सफ़र किया करते थे।

दिलचस्प लगेगा आपको यह क़िस्सा।

कुछ बरस पहले कालका पर उतरी तो सामने रेलकार खड़ी थी। टिकट लिया। सीट नम्बर एक। तबीयत ख़ुश हो गई।

रेलकार चली और पहले ही मोड़ पर अटक गई। दूसरे पर फिर रुकी तो हमने ड्राइवर साहिब से कहा कुछ ख़राबी लगती है, कालका वापस ले चलिए। कोशिश के बाद रेलकार वापस लौटी कालका पर। यात्रियों ने शोर किया कि साहिब जब रेलकार ठीक नहीं थी तो उसे आप लाइन पर क्यों ला रहे हैं। दोस्तो, मैं कुछ ज़्यादा ही बोल रही थी।

दूसरी रेलकार आई तो हमने स्टाफ़ का शुक्रिया किया लेकिन देखिए आप आगे होता है क्या? स्टेशन मास्टर साहिब मेरी ओर बढ़े और समझाकर

कहा—साहिब क्या करें रेलकार बहुत पुरानी है। 1925 का मॉडल है। आई थी तब से कालका-शिमला लाइन पर चल रही है

कहाँ तो मैं ख़ूब बोल रही थी—अब मेरी बोलती बन्द हो गई। रेलकार की ओर देखा, क्या मुझ जितनी पुरानी है! हाँ। वही सन है इसके बनने और मेरे पैदा होने का। साहिब मेरा दिल बैठ गया। सोचा इस मूड में यह सफ़र कैसे ख़त्म होगा। इतने घंटे। पाँच मिनट लगे होंगे। मैंने बड़ी गम्भीरता से अपने को घुड़का—

उखड़ने की क्या बात है। रेलकार के मुक़ाबले तुम्हारा रिकॉर्ड भी इतना ख़राब तो नहीं।

तबीयत हल्की हो गई। मैं अकसर देर तक उदास-निराश होने में यक़ीन नहीं करती। परेशानियाँ तल्ख़ियाँ अपनी जगह और उनमें से गुज़रनेवाले अपनी जगह। दोनों एक-दूसरे की ताक़त का इम्तिहान लेते रहते हैं। इसी कशमकश का नाम ज़िन्दगी है।

विभाजन के बाद मैं पहुँच गई राजस्थान। शिशुशाला क्योंकि अभी खुली नहीं थी, मैं सिरोही दरबार की गवर्नेस के रूप में नियुक्त हो गई। महाराज तेज़सिंह गोद लिए गए थे। मेधावी, चौकन्ने और तेज़-तर्रार। क्रिकेट राउंडर, घुड़सवारी। राजमाता कच्छ भुज्ज की बेटी थीं। उनके दामाद थे जाम साहिब। महारानी साहिबा 'केसर विलास' में रहती थीं और तेज़सिंह 'स्वरूप विलास' में।

यहीं मुझे के.एम. मुंशी और सीतलवाद साहिब से मिलने का मौक़ा मिला। के.एम. मुंशी गुजराती के लेखक थे। मैंने उन दिनों उनके उपन्यास पढ़ रखे थे। उनका एक बहुत प्रसिद्ध उपन्यास वैरनी सबुलात था। इसकी नायिका का नाम था—तन-मन। मुझे आज तक ऐसा नाम किसी नायिका का नहीं मिला। यह ज़रूर कहूँगी कि के.एम. मुंशी और सीतलवाद साहिब में मुझे सीतलवाद साहिब कहीं ज़्यादा भाये। पसन्द आए।

उन दिनों भारत-भर की रियासतों को मुख्यधारा में मिलाया जा रहा था। महलों के साज-सामान, राज के साथ लगी भूमि, गहने, ज़ेवर और

अन्य जायदादों की सूचियाँ तैयार हो रही थीं। हलचलों के दिन थे। बहुत कुछ हुआ जिसका ज़िक्र 'गुजरात पाकिस्तान से गुजरात हिंदुस्तान' में विस्तार से हुआ है।

ज़िन्दगी शुरुआत है। अन्त है। पटाक्षेप भी। कभी जल्दी कभी देर से। याद कर रही हूँ अपने संगीतकार समकालीन को—शिमला के मंच पर जिनके गायन की धूम थी। मास्टर मदन।

'यूँ न रह-रहकर हमें तड़पाइए, आइए आ जाइए, आ जाइए'—मदन को ज़िन्दगी की मोहलत बहुत कम मिली थी। वह रहते तो किन ऊँचाइयों को छूते इसका अन्दाज़ा लगाया जा सकता है।

हर मौसम में ग़ज़ल का रंग ही अनोखा। इसके मुक़ाबले शास्त्रीय संगीत बाहर से अन्दर की ओर रूह में प्रवेश करता है, और शिराओं में प्रवाहित होकर आत्मा को पल्लवित और पुलकित करता है। बड़े ग़ुलाम अली ख़ाँ साहिब से लेकर किशोरी अमोनकर तक की शास्त्रीय बारीकियों तक पहुँचने का ज्ञान न भी हो, उनके गायन की गहराइयों को महसूस करती रही हूँ। सारंगी मेरी पसन्द का साज है। सन्तोष बलराज साहनी साहिब के घर पंडित रामनारायण को सुना तो मेरे आन्तरिक की लय बदल गई थी। अपनी जगह लौटने में मुझे ख़ासा लम्बा वक़्त लगा।

मैं एक लम्बे समय का मौसम हूँ। ऐसे में ढिठाई का होना लाज़मी है। अपने पर अनुशासन। जितने संयम की दरकार है उतनी ही स्वतंत्रता की भी। किसी भी अच्छे लेखक के विचार के पनपने के लिए एक बड़ी ज़मीन चाहिए होती है। उसे अपना व्यक्ति ख़ुद होना होता है। ज़मीन के बड़े अनुभव की खाद चाहिए होती है। अनुभव जासूसी नहीं—नकल नहीं। दूसरे हाथ का माल नहीं। लेखन का खरापन आप इधर-उधर से नहीं जुटाते। आप उसे अपने चैतन्य से अपने संवेदन में जगाते हैं।

तब आप रचना की सघनता को बिना अतिरेक और पूर्वग्रह के अंकित करते हैं। उसे शब्द देते हैं प्रामाणिक और प्रासंगिक बनाने के। यहीं से उभरती

है वह प्रतीति भी कि ज़मीन के नीचे कितनी गहराई है, कितनी नमी है। कितनी खाद डाली गई है। दोस्तो मेरे लम्बे वक़्त का ख़ासा बड़ा हिस्सा सिर्फ़ खाद बनके रह गया। पर कोई मलाल नहीं।

शब्द का एक जिस्म, एक काया—रूह, एक पोशाक। शब्दों के मुखड़े और घराने भी और इन सबकी बन्दिश में बँधे पाठ के अर्थ। भाषा के साथ किसी भी गम्भीर लेखक के सम्बन्ध मात्र सरसरी और औपचारिक नहीं होते। वे उसके संवेदन में खुबे होते हैं। शब्दों का भाषाई शोर और गठन तथा गूँज केवल हमारी श्रुति को ही नहीं खटखटाती वह हमारे अन्तर के आज और कल को भी पुकारती है। अतीत, परम्परा और वर्तमान को एक साथ एक पाठ में स्थित करती है। इस लोक के पर्यावरण की, हमारे गहन की निगूढ़तम आहटों से साक्षात्कार का जुगाड़ करती है।

किसी भी रचना को जीना और लिखना दो अलग-अलग मौसम हैं। जल्दी में कुछ नहीं। वैराग्य का-सा भाव। कुछ ऐसा कि आप आप नहीं हैं। पात्र-पात्र नहीं हैं। 'विचार' मात्र आपका निज का संवेदन नहीं है। और रचना का भाव अर्थ और विमर्श सब साँझे रूप में लेखक, पात्र, स्थितियाँ, टकराहट और सम्प्रेषण सब एक-दूसरे में गुँथे हैं। एक-दूसरे से जुड़े हैं। भाषा वह है जिसे आप सिर्फ़ पढ़ते नहीं। भाषा का मर्म वह भी जिसे आप जीते हैं। जीकर शब्दों की गहराई तक पहुँचते हैं। उन पुराने मुखड़ों को नए अर्थ देते हैं। अर्थों को नए रंग देते हैं।

'ऐ लड़की' लिखने से पहले के दिन आपसे बाँट रही हूँ। जाने क्या था कि पहलगाँव की सुबह दोहपर और शाम मेरे लिए बराबर से, एकरसता में लिपटे हुए। कहीं कोई हल्की-सी आहट तक नहीं थी कि कुछ बदलने को है। लिद्दर की आवाज़ कानों के बाहर अटकी रहती। धूप बाहर के सब्ज़े पर पसरी रहती और मेरा लेखक गुम-सुम-ख़ामोश। एक सुबह कॉटिज के चौकीदार साहिब ने पूछा—श्रीनगर जा रहा हूँ। कुछ मँगवाना हो तो कहें।

नहीं कुछ नहीं। शुक्रिया। नाश्ते के बाद सो गई। ख़्वाब देखा। हरे सब्ज़े की ढलानों पर संगीत सम्मेलन हो रहा है। बरामदे से झाँकती हुई मैं। अपने बहुत से दोस्त इकट्ठा हैं।

नींद टूटी। बाहर आई। अन्दर गई। तैयार हो ताला लगाया और बस-स्टाप की ओर तेज़-तेज़ बढ़ने लगी। वक़्त पर पहुँच गई। चौकीदार साहिब बस में चढ़ने को थे। उन्हें काग़ज़ लाने के लिए पैसे दिए और जाने कैसे कोई नई-सी बनकर पहलगाँव क्लब की ओर उतर गई। फूलों की क्यारियों में टहलती रही। लोगों को देखा। लिद्दर में पाँव डाले बैठी रही। चाय पी। लौटते में माँ के लिए गुरुद्वारे में माथा टेका। बाज़ार से चैरी ख़रीदी। ऊपर पहुँची तो सब शान्त था। लगा ही नहीं कि कुछ दिन अँधेरों में जीती रही हूँ।

अब मैं यहीं थी : यहीं और यहीं। पुरानी मेरी माँ थीं। मैं पुराने से निकलकर अब नई हो गई हूँ। क्योंकि मैं हूँ—और वह थीं।

रचना जाने-अनजाने किसी एक मुबारक क्षण में रचनाकार के दिल-दिमाग़ पर दस्तक देती है। कभी दबे पाँव एक धीमी-सी हल्की-सी आहट जैसे कविता का एक टुकड़ा—आधी पंक्ति—फिर एक लम्बा लम्हा कुछ ऐसा जैसे दूसरा बन्द लिखने के लिए एक और ज़िन्दगी गुज़र जाए। एक लौ-सी झिलमिलाए। कोई लपककर पकड़ ले कि कहीं गुम न जाए। 'ऐ लड़की' का आरम्भ करते हुए कुछ ऐसा ही भान हुआ था उसके लेखक को।

तुमने मेरा पिछला वक़्त निभा दिया। अच्छा किया। माँ बनकर मैंने तुम्हें दूध पिलाना था और तुमने बेटी बनकर पीना था। लड़की, यह बन्धन निरा हाड़-मांस का नहीं—आत्मा का है। एक-दूसरे से गुँथा हुआ। पर सुन, जाने क्यों तेरा मणका अलग जा पड़ा है।

अभी यहीं बैठी रहो।

मैं सो गई थी। आँखों के आगे तुम्हारी नानी का मुख झिलमिलाता रहा। जाने कितने बरसों बाद माँ सपने में देखी। वही उसका हरा मूँगिया जोड़ा। और ओढ़नी में से झाँकता स्तन हँसता है।

देख रही हूँ सपना, पर मन में यह कि थोड़ा-सा दूध और क्यों न पी लिया। लड़की मैं अभी छोटी ही थी। एक और बहन आन पहुँची। जब-जब माँ को दूध पिलाते देखती तो मैं मगन सी हो जाती। टकटकी लगाए देखती रहती।

एक दिन माँ ने पूछ ही लिया। क्यों री ऐसी क्या देखा करती हो। तुम छोटी थीं तो तुम भी इसी तरह गोद में लेटी दूध पिया करती थीं।

माँ एक बार और पी लूँ।

चुप मुनिया, माँ का दूध एक बार टूट जाता है तो दुबारा मुँह नहीं लगता। इसका अरमान नहीं करते। यह कुदरत का नियम है। बड़ी होकर सब समझ जाएगी।

राष्ट्रीय नाट्य विद्यालय में अंकुर द्वारा निर्देशित 'ऐ लड़की' का मंचन देखा तो गला भर आया। इसके साथ-साथ यह अहसास भी कि मात्र संवाद लिख सकना—नाटक लिखना नहीं। मैं कभी नाटक नहीं लिख सकी। लेखक की अपनी सीमाएँ और क्षमताएँ दोनों उसे उलझाए रखतीं हैं। मैं कहाँ बरी हूँ!

इतना कह दूँ कि लेखक को आँखें खुली रखनी होती हैं और कान चौकस और चौकन्ने। दूसरों को सुनने के लिए। अपने लम्बे सफ़र में बहुत लोगों से मिली हूँ मगर जैसी मुलाक़ात मियाँ नसीरुद्दीन से हुई—वह किसी और से दोहराई नहीं गई।

उस दिन अपन मटियामहल की तरफ़ से न गुज़र जाते तो राजनीति, साहित्य और कला के हज़ारों-हज़ारों मसीहों के धूम-धड़क्के में हम कैसे तो नानबाइयों के अगुआ नसीरुद्दीन को पहचानते और कैसे उठाते लुत्फ़ उनके मसीही अन्दाज़ का।

हुआ यह कि हम एक दोपहरी जामा मस्जिद के आड़े पड़े मटिया महल के गछेय्या मुहल्ले की ओर निकल गए। एक निहायत अँधेरी-सी दुकान पर पटापट आटे का ढेर सनते देखकर ठिठक गए। सोचा सेमइयों की तैयारी होगी। पूछने पर मालूम हुआ मियाँ मशहूर हैं छप्पन क़िस्म की रोटियाँ बनाने में। अन्दर झाँका तो पाया कि मियाँ चारपाई पर बैठे बीड़ी पी रहे हैं।

मौसमों की मार से पका चेहरा। आँखों में काइयाँ भोलापन और पेशानी पर मँजे हुए कारीगर के तेवर। पूछा—क्यों साहिब आपने यह पुराना इलम कहाँ से हासिल किया?

नानबाई साहिब ऐसे बोले ज्यों बच्ची को फटकारते हों। यह भी क्यों पूछ लिया साहिब, नानबाई इल्म लेने कहाँ जाएगा! क्या नगीनासाज़ के पास? क्या आईनासाज़ के पास? क्या मीनासाज़ के पास या रफूगर रँगरेज या तेली-तम्बोली

से सीखने जाएगा। क्या फ़रमा दिया! पाठको, ऐसे तेवर और अन्दाज़ को देखते ही हशमत को नानी याद आ गई।

कहाँ खड़ा है लेखक इस उस्ताद के सामने!

और मियाँ नसीरुद्दीन अपने अहाते में अपने वजूद में उस्ताद की शख़्सियत में हर जुम्ले को तरतीब दिए जा रहे हैं। एक आँख से कुछ ऐसा दिखा जैसे कहते हों—"अरे लिखाड़ियों भला आप कब से पेशेवर। आख़िर आपका धन्धा क्या है? वही रगड़ा—और वही झगड़ा।" दोस्तो लेखक को अपने पर आँख रखनी पड़ती है। वह सबका शागिर्द है और किसी का उस्ताद नहीं।

सिर्फ़ क़लम का सदका है। इसीलिए 'ज़िन्दगीनामा' के पहले पन्नों पर लिखना पड़ा कि—

तौफ़ीक़ न क़लम की
न लेखक की न लेखन की
ज़िन्दगी कुछ यूँ उभरती चली
पन्नों पर
ज्यों उग आया हो विशाल
ज़िन्दा रूख।

पीछे लौट रही हूँ। मैं खड़ी हूँ अपनी हवेली के तहख़ाने की ओर जाती सीढ़ियों पर। तहख़ानों के अन्दर जाना चाहती हूँ और बीच के घुमाव पर ठिठक जाती हूँ। माँ ऊपर से देखती है। वहाँ खड़ी क्या कर रही हो?

—मैं अन्दर जाना चाहती हूँ।

—फिर?

—डर लगता है। अन्दर साँप होगा।

—तहख़ाने खुलकर कभी ऊपर नहीं आते। न आ सकते। जो देखना चाहता है वही नीचे आकर देखता है। सुनते ही मैं धड़ाधड़ सीढ़ियाँ उतर गई। जाकर ज़ोर से दरवाज़ा खोला—भभका उठा। पुरानी बासी हवा का और अँधेरे में दीवारों पर तलवार तमतमाई।

यह मेरी ज़िन्दगी में उस सफ़र की शुरुआत थी जिसे मुझे लम्बे बरसों में तय करना था। एक लेखक बनना था। अपने पहले उपन्यास 'डार से बिछुड़ी' का मुखड़ा उसी दिन से जुड़ा है। विशेष कृति के रूप में धर्मवीर भारती ने इसे 'निकष' में छापा तो मुझे न अचरज हुआ न कुछ ख़ास लगा। एक हल्की-सी ख़ुशी सिर्फ़ इस बात की कि सम्पादक ने कहीं भी, कुछ भी, बदला नहीं था।

हालाँकि मैं जानती थी कि जो मैं लिखना चाहती थी वह उपन्यास यह नहीं। उसे कहीं अलग छोड़ देने का निर्णय लिया। अच्छा ही किया। कहा जाता है कि हमारे पूर्वज ग्रीस से गजनी और गजनी से गुजरात आए थे। पुराना शहर गुजरात—पहाड़ों की तलहटी में चनाब और जेहलम के दरियाओं की बरकतों से सिंचा हुआ। मुग़ल बादशाह गुजरात के रास्ते कश्मीर पहुँचा करते। उनके ख़ेमे लगते शाह जहाँगीर के मैदान में। गुजरात में ही तीसरे युद्ध में अंग्रेजों ने पंजाब को ब्रिटिश राज में मिला लिया। चल्लियांवाला का मैदान इस दु:खदायी घटना की याद दिलाता था। पराजय और पराजित। बरसों बाद रंगून गई तो हिन्दुस्तान के अन्तिम बादशाह बहादुरशाह ज़फर के मजार पर पहुँचकर जाने क्यों कुछ वैसा ही लगा। अपने वतन के बाहर पड़ी है याद उसकी जो हमारे इतिहास का हिस्सा है। काश हम रंगून वाली याद को दिल्ली में लौटा सकते। मैं जानती थी कि जो उपन्यास मैं लिखना चाहती थी, यह उपन्यास उसका संक्षिप्त है। न लिखने का निर्णय इसलिए कि सदियों पुराने परिवार के ग्रीक सम्बन्धों पर अपनी जानकारी काफ़ी नहीं थी। वह उपन्यास मैं आज तक नहीं लिख पाई।

मेरी दुनिया बहुत छोटी तो कभी नहीं थी। कुछ ऐसा हुआ कि मेरी मेज़ के पास की दुनिया बहुत बड़ी हो गई—यहाँ तक कि मेरी निज की दुनिया उसमें खो गई। और बड़ी दुनिया मेरी अपनी हो गई। और ज़िन्दगी में जो घटित होता रहा जो हर मोड़ पर घटता रहा—बढ़ता रहा और इन दोनों टकराहटों में से निकलकर छनता रहा—वह सब अनुभव में समाता रहा। मकान बिके तो दलालों की दुनिया नज़र आई। हथकंडे, बेइमानियाँ, बदमाशियाँ। वह भी ऐसी कि आज की ईमानदारी को मात दें। इसे लिखने में एक और ही दुनिया नज़र आई।

> उन्हें मेरे बारे में यहाँ तक मालूम है इसका मुझे ख़याल तक न था। फ़्लैट बिक जाने के दरमियान मालूम हुआ कि उन्हें मेरे बारे में वह सब सूचनाएँ थीं जो एक आदमी को कड़की में घेरने के लिए ज़रूरी होतीं है। कब जागता हूँ, कब सोता हूँ, किससे मिलता हूँ, कहाँ जाता हूँ, कब घर में चाय बनाता हूँ, कब ढाबे से चपाती लाता हूँ। कहाँ से कबाब पकड़ लाता हूँ। कब ब्रेड पकौड़े से चला लेता हूँ। ताज्जुब तो यह भी कि उन्हें यह भी जानकारी कि मेरा बिजली का बिल कितने का होता है—किस कैमिस्ट से किस बीमारी की दवा ख़रीदता हूँ। कब नुक्कड़ की दुकान पर चाय के बहाने घंटों बैठा रहता हूँ। इस नदीदे दलाल ने तो मेरा रहन-सहन, खान-पान, तनख़्वाह, बैंक अकाउंट, ख़र्चा सबका चिट्ठा खोल रखा है।*

दोस्तो कहानियों, उपन्यासों की भाषा लेखक नहीं गढ़ता, पात्र स्वयं चुनते हैं। अपनी भाषा पात्र स्वयं अपनी स्थानीयता में तरंगित करते हैं।

लिखना एक जालिम अनुशासन है। जितनी कल्पना उतना यथार्थ—जितना सपना उतनी हक़ीक़त, जितनी जिज्ञासा उतनी पड़ताल। जितनी ऊर्जा उतनी उजास। जितना कथ्य उतना शिल्प।

* संदर्भ : 'पावर ऑफ़ अटार्नी'।

डार से बिछुड़ी

एक नौसिखिए लेखक की रचनात्मक क्षमताओं और सीमाओं से अलग 'डार से बिछुड़ी' के सीधे सरल पाठ की संरचना में उसकी मूल सम्भावनाएँ पहले से ही निहित थीं। पुराने वक़्तों के आख्यान ने स्वयं अपना कथ्य कुछ ऐसे संयम से निर्धारित किया कि पहले वाक्यांश ने ही लेखक को चौंका दिया।

जिएँ-जागें! सब जिएँ-जागें!

अच्छे-बुरे, अपने-पराए जो भी मेरे कुछ लगते थे—सब जिएँ!

'डार से बिछुड़ी' का सहज सीधा-सादा पाठ बिना किसी शिल्प के सहारे स्वयं ही अपने समय के सूत्र गूँथता गया और मेरे बाहर के कथ्य को कहानी की आन्तरिकता की ओर मोड़ ले गया। मुझे इस दबाव का अहसास तक न हुआ। इतना ही लगा कि मैं इसे प्रस्तुत करने का निमित्त मात्र रही हूँ।

'डार से बिछुड़ी' का पाठ लिखने में कुछ ऐसा बना कि जैसे पहले ही लिखी जा चुकी इबारत को मन से काग़ज़ पर उतारना हो। कोई झिझक, सन्देह या भाषाई उलझन नहीं हुई और फिरंगी की छावनी में पहुँच कहानी अपने आप ही समाप्त हो गई।

लिफ़ाफ़े पर 'निकष'—इलाहाबाद का पता लिखा और 'डार से बिछुड़ी' को डाक से 'निकष' के सम्पादक धर्मवीर भारती को विचारार्थ प्रस्तुत कर

दिया। मन में न छपने की बेचैनी थी और न ही छप जाने की उत्सुकता। नए लेखक वाली कोई चिन्ता और उत्तेजना भी नहीं थी।

'निकष' ने जब इसे विशेष कृति करके प्रकाशित किया तो देखकर विस्मय हुआ और न ही विशेष उल्लास की प्रतिक्रिया। 'डार से बिछुड़ी' के पाठ से जो उम्मीद उसके लेखक को थी, 'निकष' सम्पादक ने उसकी ताईद की, यह भी इतना कम नहीं था।

'निकष' में कहानी को पढ़ा। कहीं कुछ बदला न गया था। कोई परिवर्तन नहीं। सही समय पर मैं आश्वस्त हुई। 'डार से बिछुड़ी' के प्रकाशन के साथ ही मेरी रचनाओं पर नज़र रखी जाने लगी। लेखक के लिए इससे बड़ा पुरस्कार और भला क्या हो सकता था! 'डार से बिछुड़ी' के पाठ और उसके सुधी आलोचकों, पाठकों के प्रति गहरे भाव से कृतज्ञ हूँ। हाल ही में जब इसे पढ़ा तो लगा कहानी कहने की यह रफ़्तार मुझे अब भी क़ायम रखनी चाहिए थी। विनम्रतापूर्वक इतना ही कि कहानी अपने बलबूते पर मेरे हाथ से उधड़ती चली गई।

विभाजन के बाद के दिन थे। दिल्ली के आकाश पर उतरा हुआ था फरवरी का पत्तों और हवाओं-भरा उड़ता-फड़फड़ाता मौसम। अपने जन्म के महीने में मैं हमेशा कुछ अस्थिर-सी हो उठती हूँ। धूल-भरी हवाओं सी हरहराती हूँ। बैसाख के उतरने से पहले उखड़-सी जाती हूँ। बहती सरसराती हवाएँ जाने मुझसे क्या कहती हैं। अन्तर की रहस्य-पट्टी से जाने कैसे-कैसे उदास फीके सन्देश भेजती हैं, जैसे कहीं भगदड़ मची हो। दीवारें हिल रही हैं। दरारें दीख रही हों।

फिर वही दिल दहलाता शोर—

अल्लाह ओ अकबर।

हर-हर महादेव।

विभाजन।

बँटवारा।

1947।

सुबह-शाम नई दिल्ली की टैंकर से धुलनेवाली तारकोली सड़कों की रंगत बदल गई थी। पटरियाँ उदास, ग़ुस्सैल, ग़मगीन शरणार्थियों की टोलियों से अटी पड़ी थीं। मैली-कुचैली पगड़ियाँ और दुपट्टे। घायल लुटे-नुचे लोगों के ठट्ठ के ठट्ठ। कैम्प।

बेवतनों के नए नागरिक वार्ड बन रहे हैं।

अपने ठीहों से उखड़े हुए, जड़ों से दूर, बदहवास, फ़िक्रमन्द ख़लकतें और एक दूसरे को रौंदता भाषायी शोर! खड़े-खड़े लड़ाई-झगड़े। अपनी तल्ख़ियों को उतार फेंकने के लिए तू-तू मैं-मैं, हाथापाई, धक्का-मुक्की। जाने किस-किस शहर के मुर्दा साये बचे-खुचे अपने इलाक़ेवालों के साथ भटकते छितरते-छिटकते राजधानी में आ जुटे थे।

भीड़ कभी पी ब्लाक, कभी री-हैबिलिटेशन मंत्रालय, कभी पुराना क़िला, फिरोज़शाह कोटला, किंग्सवे कैम्प। कभी रोटी-मजूरी की जुगाड़ में तुर्कमान अजमेरी गेट, काज़ी हौज, खारी बावली, फतेहपुरी, लाल क़िला, जामा मस्जिद। चाँदनी चौक।

एक दुपहर मैसोनिक लॉज की डिस्पैंसरी पर लगी लाइनों पर खड़े शरणार्थियों के कार्ड बनवाने की ड्यूटी लगी थी हमारे ग्रुप की। वहीं खड़ी भीड़ में माँ के कंधे से लगे एक बच्चे का भयानक चेहरा देखकर दिल दहल गया। एक आँख और माथे पर लगे दो गहरे घाव। ऊपर भिनभिनाती मक्खियाँ।

विभाजन जब होना ही था तो यह वहशीपन क्यों न रोका जा सका! नस्लकुशी?

अपने को घुड़का। बस। इस ओर सिर्फ़ देखो, उस पर सोचो नहीं।

सिंधिया हाउस का चौराहा क्रॉस कर कर्ज़न रोड की पटरी पर चलने लगी थी। घर लौटते हुए चाल में गहरी बेहिम्मती, थकन। अंग्रेज़ी हुकूमत का यहाँ से अलग होने का क्या और कोई रास्ता नहीं था!

चलते-चलते आसमान की ओर देखा। लगा एक बहुत बड़ी रस्सी पर ज़ख़्मी घायल और मरे हुए लोगों के कपड़े एक साथ सूख रहे हैं। घबराकर अपने को धमकाया। ख़बरदार। अब इन ख़यालों से अपने को दूर रखो। परे झटक दो और सड़क के साथ-साथ लगे इन छाँहदार हरे-भरे पेड़ों की ओर

देखो। अपनी हस्ती में मज़बूती से जमे हैं अपनी गहरी जड़ों से। जो उखड़कर सड़कों पर पड़े हैं—उनके लिए जो भी कर सको, करो।

पास से गुज़रती साइकिल की आवाज़ से चौंकी।

यह क्या ?

कर्ज़न रोड की पटरी पर आँखों के सामने शाहआलमी प्रकट हो गया। सजी-बनी छोटी-बड़ी दुकानें-चुस्त-चालाक-जवान-बूढ़ी-अधेड़ भीड़। माँओं की उँगलियाँ पकड़े बच्चे। हिन्दुआनियाँ, मुसलमानियाँ, रंग-बिरंगी चुन्नियाँ, चुटले, चूड़ियाँ, सब्ज़ियाँ, फल, ललारियों के यहाँ सूखती पगड़ियाँ। एकाएक कोई मुखड़ा झिलमिलाया जैसे भीड़ में से कोई शिलालेख ऊपर आया।

नकोर कँवार का शरमाता, इतराता मुखड़ा। पीले छींट के जोड़े पर हरी-भरी ओढ़नी। चुन्नी के छोर को मुँह में दबाए आँखों से हँसती यह लड़की कहाँ से आ रही है।

कलाई पर मौली बँधी है। नवरात्रों की अष्टमी पर कुँवारी कन्या पाँव पुजाकर किसी गृहस्थ घर से आ रही है। आँखों से हँसती सयानी होने को मचलती यह बचपनी लड़की। शायद कंजक पुजाने का होगा यही इसका अन्तिम अवसर। फिर बँध जाएगी यह अमावस्या और पूर्णिमा की परिक्रमा से। रजस्वला। मुनिया गुणिया बन जाएगी।

इस लड़की का भला नाम क्या होगा।

पूछूँ।

भीड़ में अदृश्य हो गई वह लड़की। और मैं चलने लगी सर्राफ़े की ओर। रुपहली सुनहली जेवर और झक्क मोतियों की जड़त।

मोड़ से बाएँ मुड़ती हूँ।

सोबतियों की हवेली।

हवेली का ऊँचा, चौड़ा पीतल की कीलोंवाला लकड़ी का पुराना दरवाज़ा।

फाटक की चौड़ाई और ऊँचाई बाँटते अलग-अलग चार शहतीर। एक-एक के दो-दो टुकड़े। पहले एक को ऊपर उठाओ, फिर दूसरा। इधर का। उधर का। उस पर लटक रहा है ककराली का लोहारी जन्द्रा। इसकी ताली अब किसके पास होगी। जो इधर से वहाँ पहुँचे हैं उनके पास कि उधर वालों के हाथ।

इधर।

उधर।

सामने बड़े सहन के बीच ऊँचे चबूतरे पर पानी की कुँई। लोहे की चरखड़ी। गदर, लड़ाई और भगदड़ों में पानी तो हो पीने वालों के लिए। अन्दर जाते लम्बे बड़े गलियारे पर मखद्वार। छोटी ईंट की बड़ी ड्योढ़ी। ड्योढ़ी के दोनों ओर से ऊपर की मंज़िल की ओर जाती सीढ़ियाँ। नीचे किनारे से तहख़ानों की ओर उतरती सँकरी पैड़ियाँ। मैं जितनी बार वहाँ जाती उतनी बार कई-कई बार नीचे जाती पैड़ियाँ उतरती और दूसरे घुमाव पर रुकती और वापस लौट आती। एक दिन ऊपर से देख रही माँ ने आवाज़ दी—क्या कर रही हो वहाँ। यह खेलने की जगह नहीं।

मैं तहख़ाने की ओर जा रही थी।

फिर रुक क्यों गई!

डर लगता है। वहाँ साँप है।

तो लौट आओ।

इसे कैसे देख सकती हूँ। मैं देखना चाहती हूँ। कैसे देखूँ।

ऐसा कोई बन्दा नहीं जो तहख़ाने में जाए बिना उसे देख सके। इसका ख़याल छोड़ दो।

इसके जवाब के लिए मुझे क्यों रुकना था। जल्दी-जल्दी सीढ़ियाँ उतर गई और तहख़ाने का पल्ला धकियाया और किवाड़ का आधा पाट चरमराया। और इस आधे का टुकड़ा खिसियाना-सा खुला। तहख़ाने की बासी-मुसी सीलन-भरी दुर्गन्ध नाक में घुस गई। पहले अपने कपड़ों को झाड़ा। आँखें गड़ाईं। अन्दर अँधेरा है। वहाँ से उभरी छोटी-सी लीक रोशनी की। सामने की दीवार पर झरोखी है। देख लूँगी। कुछ तो देख सकूँगी। कुछ-कुछ दीखता है। वह क्या? टँगने पर लटक रहे हैं, लिहाफ़। चिमगादड़। और यह क्या? दो बटनों की-सी आँखोंवाला उल्लू। उल्लू ही है। चुपचाप बैठा है। चिमगादड़ तो फड़फड़ाता है। बालों में फँस जाता है। यह बड़े-बड़े मटके। इनमें सिक्के होंगे।

सिक्के और तलवारें—लड़ाई के वक़्त छावनी और शहर में अंग्रेजों

का पहरा लग गया था। तहख़ानों और सिक्ख-फिरंगी युद्ध की जाने कितनी कहानियाँ हमने सुन रखी थीं।

गुजरात के चिल्लियाँवाले मैदान में तीसरी लड़ाई में अंग्रेजों ने हमें हराकर पंजाब को जीता था।

अपनी सेनाओं को पराजित कर अंग्रेजों ने शहर-भर में अपनी विजय का ऐलान कर दिया। गलियों, नाकों और हवेलियों के मुख्य द्वारों पर फिरंगी गारद के पहरे लग गए। रात के पहले पहर हमारे परिवार की सयानी पुरखन तहख़ानों में उतरी। अँधेरे में हरिसिंगे सिक्के झोली में डाले और पैड़ियों से ऊपर चढ़ी। जाने किस हड़बड़ाहट में सिक्के नीचे गिर पड़े और ड्योढ़ी के सामने बिखर गए। गारद ने मुड़कर देखा तो सयानी पुरखन ने रोबीली आवाज़ में हुक्म दिया—उठाओ और इधर लाओ। मुझे दो।

आवाज़ थी कड़ाकेदार।

सुनते हैं फिरंगी गारद द्वारा हुक्म की तामील की गई थी।

क्या सोच रही हूँ! कोई सपना देख रही हूँ।

नहीं, जो सामने हो उसे सौ बरस पुराना क़िस्सा कैसे मिटा देगा।

हर क़दम के साथ यह लगा कि अब जो आँखों के सामने है वही हक़ीक़त है। यह भी लड़ाई है। युद्ध है। इसमें हम हारे हैं कि जीते हैं। आज़ादी। आज़ादी और विभाजन, दोनों एक साथ।

हमारी पराजय का निर्णायक दिन था 21 फरवरी 1849। अंग्रेज और खालसा सेनाओं के वर्णन ऐतिहासिक वृत्तान्त का हिस्सा हैं। बीच कई बरस बीत गए। टुकड़ों-टुकड़ों में जाने क्या-क्या अन्दर जमा होता रहा। इसकी प्रतीति तभी हुई जब 'डार से बिछुड़ी' लिखनी शुरू की।

एक रात मेज़ पर बैठी थी कि कोई चुपके से कान में दोहरा गया। जिएँ-जागें। सब जिएँ-जागें।

उलाहने, शिकायत, दुख-दर्द, कडुवाहट भुलाकर कौन कह रहा था कि सब जिएँ-जागें।

यह पाशो की आवाज़ थी। शायद वही लड़की जो उस शाम कर्जन रोड पर चलते-चलते मुझे शाहआलमी में दीखी थी।

न शिक्षा थी न विद्या थी, न पिता की छाँह। न विधवा माँ की मान-मर्यादा और न परिवार की सुरक्षा।

रात के अँधेरों में घर की देहरी से बाहर पाँव रखा और हर क़दम दूर होती चली गई पाशो अपनों और परायों से। आकाश में उड़ते पाखियों की डारों से अलग हुए पंछी की तरह।

मित्रो मरजानी

तब तक कुछ मालूम नहीं था, वह किस तस्वीर का नैगेटिव थी या उस नैगेटिव से कौन-सी तस्वीर उभरेगी, तब तक कुछ मालूम नहीं था।

डूंगर के पास, सिर पर बोझा उठाए वह जीती-जागती काया, हरियाली क्यारी दीखी। आँखों में ललक, आँचल तले उभार, लहँगे और ओढ़नी में मढ़ा हुआ गेहुँआ गदराया तन, हाड़-मांस की अनोखी देह रुपहले पानी में कसी हुई।

आँखों से ललचाती आदिम दीठ, लौंग से इतराती छुटकी-सी नाक, चुलबुलाहट नज़र में ऐसी कि भावज-साली और ननदिया एक ही स्वरूप में उतरी हों बन-ठनकर, माथे पर इतराती घूँघटे की नटखट ड्योढ़ी पर, रसकौरी आँखड़ियाँ जैसे अपनी ही दहक की ओट किये हों, तनिक गर्दन घूमी, ठेकेदार को पास आते देखा तो उठाकर काँकरी मार दी—"इधर तो देखना मत ठेकेदारजी, लहंगडू की माँद में अट गए तो गए काम से!"

झेंप ने अधेड़ ठेकेदार का चेहरा लीप दिया। खिसियानी हँसी से उबरकर चुहल की—"आप ही भरमा रही है कमजात। तेरी महामाया बींध दी तो सारा मरम-भरम धरा रह जाएगा। पगलाई फिरेगी।"

ओढ़नी से संकेत छलकाती पथरीले पठार पर नुकीली बिजली दौड़

गई—"जाप कर, जाप कर इस शरबती का, कच्ची-पक्की हौंस से तभी छुटकारा मिलेगा ठेकेदार!"

तसलों और मिट्टी में रुझी ठेकेदार की मदद गुप-चुप अबोले में ही हँसती रही। वह बोली-ठोली उधड़ी ठिठोली देर तक लहराती-रही, बतियाती रही। लेखक अपने सफेदपोश दिल-दिमाग़ के दंभ में मौन था। वाचालता पर कोई रोक नहीं। जो भी बोला जाएगा, हवा में तैरता रहेगा। ठिठका रहेगा। पकड़ लिया जाएगा या गुम हो जाएगा। भला यह भी क्यों ज़रूरी है कि किन्हीं बोलों के गिरोह को दबोच ही लिया जाए। अपनी सीमाओं में घेर ही लिया जाए। यह भी ज़रूरी नहीं कि कोई श्रुति किसी रचाव की बंदिश का ही मुखड़ा हो? किसी गुफा की खोज का बहाना हो।

लेखक के असमंजस को परे ठेल शब्दों की कड़ी लंबे अरसे तक गाहे-बगाहे उसे दीदार देती रही। कान में फुसफुसाती रही—तन बड़ा कि मन? कहने को मन और पाने को तन? इसी अगियारी नोक पर दुनिया स्थित है!

जिस देह से हरसिंगार झरते हैं, उसी द्वारा आत्मा की मूल निधि को उगाहा जाता है। उसकी वसूली की जाती है। फिर जब देह में रूह की प्रतिष्ठा होती है, उसकी अवहेलना भी क्या बदगुमानी नहीं! पुराने पठार को अपने स्पर्श से जगाती-लहराती मिश्री बाई की चूनर अपनी ठिठोली से रंगोली झुलाती रही।

एक शाम जाने किस आगमजानी में लेखक ने ठेकेदार की धुँयारखी निगाह से परे उस लहर को पहचान लिया और उस साक्षात् पर विराम लगाने की पेशकश में उसका पीछा-पिछोना देखने की हिमाकत कर डाली। दुविधा से हवा में पत्ते उड़ने लगे और अजन्मी रचना और रचनाकार के बीच लावारिस वक़्त पसर गया।

बरसों बाद—

ठिठुरती सर्दी की रात। शहर की पुरानी खस्ता बस्ती में से गुज़रते सहसा क़दम ठिठक गए। किसी के झीखने-कलपने की आवाज़ लेखक के कानों पर ढूक गई।

"अम्मा, अपने पहलवान बेटे को किसी वैद्य-हकीम के पास ले जा। यह लीला उसके बस की नहीं।"

चटाक्..। चटाक्...

"मारो, मारकर गाड़ दो मुझे! इस संताप से तो छुट्टी होगी।"

लेखक सहमकर सोचा किया—क्या कोई पुरानी बात दोहराई जा रही है? इस संवाद को पहले भी सुना था क्या? कोई उलाहना, कोई लांछन, कोई परदा—कुछ नहीं। जो कहा गया है उतना ही। दोष ही तो। अगर है तो कितना किसका? किसी भी छटपटाहट की पुकार आख़िर एकांत की एकाग्रता को चौंकाने को ही तो नहीं! इन उधड़े बेपर्द बोलों के मुखड़े अटपटे हैं तो इनकी परत तले क्या खलता है? काया के बिना कामना? जिस प्यास का यह मंत्र है, उसकी तृष्णा से वितृष्णा कैसी!

अपने से दूसरे तक। दूसरे से अपने तक। एक ही आदिम लगन के दो टुकड़े। हमशक्ल। क्या दशकों में बँधकर इसका संवाद कुछ सपाट हुआ?

शायद हुआ तो—लेकिन इसलिए भी कि ढलती शाम में बीते हुए दिन को देखा जा रहा है। स्मृतियों के पार। लेखक की दौड़ सिर्फ़ इतनी-भर कि इस लोक में विलीन होते कौन कितना कुछ अपने में छिपाए लिये जाएगा, और कौन कुछ अपना और पराया अंकित कर जाएगा।

किसी भी तरह की रूमानी कल्पना को परे ठेल लेखक की नज़र एक सीधी-सादी गृहस्थी की चौखट पर अटक गई। पहले घर का रोशनदान दीखा, फिर पुराना छाता और प्रकट हो गए गुरुदास बिछौने पर लेटे हुए। चूल्हे के पास बैठी धनवन्ती और अन्दर से झाँकती बहुओं की परछाइयाँ। जितनी आँख की तौफ़ीक़ है उतना ही तो देखा जाएगा, जितना गहरे पैठोगे उतना छुआ जाएगा।...घर-गृहस्थी के कपाट के पीछे से मित्रो झाँक गई, अपने चैतन्य से अपने आसपास को पढ़ती-हँसती, खेलती-तरेरती, औरत होने के पुरानेपन को खोलती-उघाड़ती, अपने में विवेक जगाती।...मंच बन उठता है एक परिवार का घर-आँगन अपने में सम्पूर्ण संसार। पर कोई भी संसार अपने होने से ही, अपने होने में ही, कब सम्पूर्ण है! वे सब पाने-जुटाने की उस दहक-महक से जुड़े-बँधे हैं जो हाड़-मांस के कपड़ों में धड़कते-फड़कते हैं।

किसी भी घर-गृहस्थी के आँगन से कहीं भी मित्रो की आदिम महक सूँघी जा सकती है। पर गुरुदास के परिवार की मँझली बहू ही लाड़ से मित्रो मरजानी कहलाने का अधिकार अर्जित कर सकी—लेखकीय चमत्कार से नहीं, बल्कि अपनी संज्ञा से, अपने अधिकार से। मित्रो अपने बूते पर ज़िन्दगी को घूरती है, मसखरी करती है, लड़ती है, टक्कर लेती है और सीनाजोरी भी करती है।...एक फुंकारती घड़ी में अपनी माँ की संज्ञा को अलगनी पर टँगते देख कपड़ों और काया में फ़र्क़ करती है और स्वयं ही अपने फरफराते कपड़ों को सहेज-समेट परले सिरे से अपने साथ आ लगती है—अपने को ढूँढ़ लेती है।

लिखते समय लेखक के निकट कुछ भी योजनाबद्ध नहीं था। परत-दर-परत कहानी ख़ुद-ब-ख़ुद उभरती-उघड़ती चली गई। तन-मन की लहर, प्यार-मनुहार, लड़ाई-झगड़े गृहस्थी की जुगलबन्दी में गुँथते चले गए। यह संयुक्त परिवार की बन्दिश थी। मित्रो में दहकती आदिम आग, छोटी-बड़ी और मँझली से ठुनकती बोली-ठोली। बुढ़ापे में भी परिवार को धारण किए गुरुदास और धनवन्ती, संग-संग बिताई उम्र के ताव-भाव में लीन, कुटुम्ब-परिवार की सीवनों को टाँकते चले जाने को विवश—एक परिवार, अपने में एक संसार। पर कोई भी परिवार अपने होने में ही सम्पूर्ण नहीं होता। उसकी चौखट के अन्दर उसकी नीवों और शहतीरों में जलजले उठते रहते हैं। मित्रो के रूप में एक जलजला उठ ही आए तो स्वयं बन जाती है मित्रो मरजानी की कहानी।

मात्र यह लेखकीय कौशल और स्थितियों-परिस्थितियों से ही घटित नहीं होती। यह उभरती है विभिन्न सामाजिक मूल्यों के घर्षण से, आपसी खरखराहट से—घर-गृहस्थी की परिक्रमा के ऐन बीचोबीच।

रचनात्मक स्तर पर कोई भी प्रामाणिकता केवल तथ्यात्मक जानकारी या शिल्प या उसकी उड़ान की सामर्थ्य से ही नहीं होती, चरित्र की मांस-मज्जा, स्वभाव-संयम और उसकी हड्डी की क़िस्म से भी जुड़ी होती है। उसके न होने पर कोई भी रचना अपने रचाव, संस्कार और सार-सँवार से अनोखी भले लगे, पर उसकी सूक्ष्म-स्थूल काया में फुरना नहीं धड़कता, जान नहीं फड़कती

है। मित्रो कल्पना की सृष्टि नहीं। इसी से मित्रो के प्राण में जितना खम था, उसकी टक्कर में जितना दम था, उतने गहरे अंकुश लेखक पर भी लगते चले गए। मित्रो के रूप में किनारों को उलाँघती-तोड़ती बाढ़ को रोकने के लिए नहीं, उसके उन्मुक्त बहने के लिए ही लेखक ने अपनी भूमिका निभाई।

आदर्श या गुनाह का आग्रह मित्रो को असामाजिक बना देने को काफ़ी था। मित्रो के आगे कुलबुलाते यौन प्रसंग और दूर-दराज की सुरक्षा को किसी भी मूल्य पर एक-दूसरे से बदला नहीं जा सकता, लेखक के लिए इत्ता जानना जरूरी था।...अपनी जन्मजात चंचलता, शब्दों में स्फुटित मोहकता और दैहिक ऊर्जा के साथ ही चुस्ती और सहज-सुलभ औक़ात के बल पर मित्रो ने लेखक के बिना पूछे ही परिवार की चौखट की ओर क़दम बढ़ा लिया। लेखक को यह न अटपटा लगा, न आश्चर्यजनक और न असंगत ही। एक ओर मित्रो की स्वस्थ ताज़ा काया की प्यास स्वाभाविक है, दूसरी ओर उसी के चित्त-मन में पारिवारिक गूँज की सजगता तेज हो उठती है। मित्रो ने अपने तईं, अपने प्रति निर्णायक निर्णय से इतना तो प्रमाणित कर दिया कि सोचने के स्तर पर उसके पास वह सहज बुद्धि है जो उसकी बेअदबियों और शरारतों के साथ भी पाठकों को प्रिय है।

उसकी चंचल जटिलता जिस सामाजिक सीमान्त से उभरी है, उसी ने उसमें एक साथ नमक और मिश्री घोल दी है जो गुरुदास परिवार की अन्य बहू-बेटियों से अलग है।

याद रखना जरूरी होगा कि व्यक्त करना वृत्तान्त नहीं है। वह अमूर्त और अव्यक्त को गढ़ना और उद्घाटित करना है। देखें तो दृश्य-जगत की रचना मन की भीतरी दुनिया में होती है। रचनाकार इतने गहरे में स्थित होता है कि सतह पर से लोप हो जाता है। लेखक के अन्तर्मन के कोलाहल और सामाजिक शोर में फ़र्क़ करना होगा।

दिलो-दानिश

(भोपाल में 'दिलो-दानिश' का अंश-पाठ करते हुए)

दोस्तो,

आपकी अदबी कचहरी में अपनी तारीख़ लग ही गई। बहाने हज़ार बनाए पर एक न चली। शाम जुड़ ही गई। सो आपकी ख़िदमत में हाजिर हैं। वैसे पेशी होने से पहले अकसर दिल धड़कता है। आज कुछ चहक रहा है। फड़क रहा है। जानते हैं क्यों? इसलिए कि पेशी हमारी नहीं—वकील साहिब की है।

ऐसे मौक़े की नज़ाकत मुवक्किल ख़ूब जानते हैं। इसका फ़ायदा किसी को भी हो लेकिन साहिब अपने को तो आज फ़ीस देनी नहीं। लेनी है।

यूँ तो हमने सालों-साल अदालत के अहातों में गुज़ारे हैं। वकीलों की हाजिरजवाबी, दाँव-पेंच और क़ानूनी काबिलियत को समझने को छोटी-मोटी तालीम अपने में पैदा की है लेकिन आज कुछ काम दूसरा है। आज़ हम उनके पिछवाड़े ताक-झाँक करेंगे। आपकी इजाज़त हो तो वकील कृपानारायण साहिब की खिड़की खटखटा कर उन्हीं की ज़बानी उनका बयान शुरू करें।

ज़िन्दगीनामा-2 से 'दिलो-दानिश' तक पहुँचते-पहुँचते जो उपन्यास में फेर-बदल हुए—उनको जान लेने का अधिकार आपको है। 'ज़िन्दगीनामा' के दूसरे खंड के मूल प्रारूप और रचनात्मक स्वरूप में दिल्ली शहर क्रान्तिकारियों की कार्यभूमि की हैसियत से मौजूद था।

दिल्ली के मशहूर वकील कृपानारायण साहिब भी लेखक के ज़हन में मौजूद थे। लाहौर-षड्यंत्र केस ही इसकी भूमिका थी। ढाई सौ से ज़्यादा बहादुरों की फाँसी इसका प्रसंग था। उपन्यास को यहीं से उभरना था। लेकिन दुर्भाग्यवश वैसा नहीं हुआ। कुछ और ही हुआ। इन्कलाबियों की बहादुरी को अपने में जज़्ब करने को बरेली, हज़ारीबाग, लखनऊ, कलकत्ता, चन्द्र नगर, पोर्टब्लेयर तक पहुँचकर भी वह वक़्त, वह कालखंड लेखक के हाथ से निकल गया। इससे बड़ी दुर्घटना और क्या हो सकती थी! उधर दृष्टव्य और इधर रुकावट। उबरने के लिए कुछ जतन किए। नाकामयाब हुए। अब तक वकील साहिब के दौ बिछौनों की दो औलादें, दो अलग-अलग रास्तों की शक्ल में हमें नज़र आ चुकी थीं।

सोमदत्त को आदर से याद कर रही हूँ। 'दिलो-दानिश' का पहला टुकड़ा 'साक्षात्कार' में प्रकाशित हुआ। जिस मर्ज की दवा उनकी ओर से की गई थी वह कारगर हुई और नहीं भी हुई। दोस्तो, यह एक गहरा गुँथा हुआ हादसा था जिसकी छोटी सी डोर इतनी ही हमारे हाथ में थी कि हम अपनी क़ीमत पर अपनी नाराज़गी ज़ाहिर करें। दोनों ओर के प्रकाशक गरिमापूर्वक इसके बाहर थे। आपसे बाँट लूँ कि भोपाल के लेखक हमारे साथ थे।

अपनी मेज़ की ओर लौटती हूँ, जहाँ बरसों खंड दो के पन्ने लावारिस पड़े रहे। यह अपराध किसी पर थोपा नहीं जा रहा—अपनी बात कह रही हूँ। अपने से भी और आप से भी।

एकान्त लेखक को एकाग्रता देता है। रचनात्मक एकान्त अर्जित करने से पहले लेखक अपनी निज की सीमा में एक 'सुरक्षित ज़ोन' का भी जुगाड़ करता है। अपने अन्तर की एकाग्रता से उपजा एकान्त महत्त्वपूर्ण है, उतना ही महत्त्वपूर्ण अपने से बाहर का कोलाहल भी है जो लेखक को आक्सीजन देता है। उसकी आत्मा को ताज़गी।

हाईकोर्ट में काग़ज़-पत्री, तारीख़ें, मेज़ के ऊपर और नीचे के खेल आप में सीलन भर देते हैं।

दोस्तो, आपकी शान में अपने बारे में एक 'टॉप सीक्रेट' देने जा रही हूँ। नुक़सान हुआ, होते रहते हैं लेकिन हम हलके तापमान में बहादुर क्रान्तिकारियों

के सामने नहीं पहुँचे। इस बीच गाहे-बगाहे 'साक्षात्कार' वाले टुकड़े को देखते-देखते वकील साहिब अपनी मुकम्मिल शख़्सियत में उभरे और कुर्सी के सामने ठिठक गए।

एक और सफ़ाई। तिथियों और क्रान्तिकारी घटनाओं की श्रृंखला को परे सरका दिल्ली शहर में दाख़िल हुए तो 'ज़िन्दगीनामा' के मुखड़े को 'दिलो-दानिश' के लिए इस्तेमाल करना मुझे एक साथ अनुचित और अनैतिक लगा। कुछ ऐसा अहसास बना रहा कि मैं अपने स्मृति बैंक से ख़ुद ही कुछ चुराकर ऐसी सम्पदा बटोर रही हूँ जिस पर न मेरा अधिकार है और न इस उपन्यास का।

अब दूसरी कोई सूरत बाक़ी नहीं। कसम टूट गई।

जाने कितनी ख़ामियाँ और कमियाँ इस वृत्तान्त में मेरे पाठक को मिलेंगी। नम्रतापूर्वक जोड़ना चाहूँगी कि सतह पर और सतह के नीचे भी कुछ ढूँढ़ते हुए कोई दिक़्क़त पेश नहीं आई। दिल्ली दरवाज़े के अन्दर पहुँचकर उसके भौगोलिक, सामाजिक और ऐतिहासिक शोर ने रास्ता सुझाया और संयुक्त परिवार की वह ड्योढ़ी भी जिसके कर्ता हमारे वकील कृपानारायण साहिब रहे।

दोस्तो सदियों पुराने शहर की हस्ती लेखक की क़लम से बहुत बड़ी होती है। हमने भी अपने को नाचीज़ समझ कर ही पहचाना। यह समझिए कि बब्बन मियाँ के आसपास ही अपने को रखे रहे। ऐसा न करते तो या तो वकील साहिब के साथ फँसते और या महकबानू के साथ। चुप्पे से गुज़र गई, यह अच्छा हुआ।

आप से बाँट लें कि हमने मिर्ज़ा ग़ालिब की शान में यह साँसत नहीं पाली। क्योंकि हम जानते थे कि अपने को लशाने और ललचाने का कोई काम नहीं क्योंकि हम जानते थे कि दिल्लीवालों में मिर्ज़ा ग़ालिब जैसी भरपूर औक़ात भला और किसकी होने लगी। आज भी दिल्ली शहर के सिरमौर वही हैं।

ख़ैर, 'दिलो-दानिश' पूरा हुआ और हम अपनी मेज़ से फ़ारिग़ हुए। कुछ दिन उसके आसपास बीते। एक दिन लेटे थे कि कुछ खटका-सा हुआ।

साहिब उठकर आँखों पर छींटे दिए और 'दिलो-दानिश' को पढ़ने बैठ गई। आख़िर तक पहुँचते-न-पहुँचते हाथ माथे पर चला गया। गजब होनेवाला

था। इस लापरवाही के लिए कौन माफ़ी देनेवाला था। और फिर यह लिखा : कृपानारायण साहिब की वसीयत का संक्षिप्त टुकड़ा पढ़ने जा रही हूँ।

ज़िन्दगी शमए-हयात है। दुनिया की महफ़िल में मुक़र्रर वक़्त तक जलती है और अपने को बच्चों में क़ायम करके गुल हो जाती है। जा मिलती है उसमें जो ख़ुर्द-से-ख़ुर्द बारीक-से-बारीक, दूर-से-दूर और नज़दीक-से-नज़दीक है।

हम कृपानारायण वल्द जनाब श्यामनारायण साकिन कोठी क़िलामुख उर्फ हवेली चबुर्जी होशोहवास में अपने परदादा साहिब के दस्ते-मुबारक से शुरू की गई दास्ताने-खानदान में अपनी ज़िन्दगी का आख़िरी पन्ना जोड़ने जा रहे हैं। हम बीमार ज़रूर हैं पर हमें नहीं लगता कि यहाँ से कूच कर जाने के बाद हमारी ज़िन्दगी की धड़कती कहानी ख़त्म हो जाएगी। आँखें मूँद लेने के बाद भी हम अपनी औलाद में जिएँगे। हम ज़िन्दगी से हमेशा के लिए फ़रार नहीं हो रहे। मौत के बरक्स ज़िन्दगी कभी ख़ारिज नहीं होती।

इसके कमानचे के तार लगातार सारंगी के से सुर निकालते चले जाते हैं। ज़िन्दगी बड़ी दीदनी है। ख़ूबरू और गंदुमी। इसका हासिल मौत नहीं हरकत है। तब्दीली है जो कुदरत के जल्वे से बसिलसिला जारी रहती है। जो दुनिया इस घर में हमने अपनी तौफ़ीक़ से बनाई-सजाई थी उसी में आज हम मेहमान हैं। अपनी आर-पार फैली उम्र के दो किनारों से ज़िन्दगी की गूँज हमसे टकरा रही है। हमें मालूम है यहाँ से चले जाने के बाद भी हम दिल्ली की गलियों में घूमा करेंगे। दिल्ली के शहरियों के शोर के गुलदस्तों को सूँघते रहेंगे। अपने नाती-पोतों की आँखों से अपने मन-पसन्द खोमचों की ताक-झाँक करते रहेंगे। जामुन, शहतूत, चाट-पकौड़ी, इमरती-जलेबी, रबड़ी खुरचना, आह, घंटीवाले की पिस्ते की लौंज। वाह। सरदी की दुपहर में घंटाघर की ओर टहलने

जाना। गर्मियों में चाँदनी चौक की ओर सरकते जाना, बारिश में जामा मस्जिद पर इठलाते बादलों को देखते जाना—क्या-क्या नज़ारा इस शहर में पिरोया-पिरोया पड़ा है।

इस दिलफरेब दिल्ली को छोड़कर भला हम कहाँ जा रहे हैं। इस लज्जत और जीने के लुत्फ़ को छोड़कर। रोशनी कम-सी क्यों लग रही है। फरिश्ता खस्लत मास्टर अमीचंद कुछ कहा करते थे न। याद नहीं आ रहा—हाँ वह मिसरा—

गुलशने दुनिया सदरंग में आबाद रहे—

अब इजाज़त लें। अपने से। इस जहाँ से—जहाँ हम बरसों-बरसों जिया किए।

ख़ुदा हाफ़िज़।

दोस्तो,

यह दिलो-दानिश के वकील कृपानारायण साहिब थे—मैं नहीं।

जिस दिन मैं जाऊँगी आपके कान में कहती जाऊँगी कि दोस्तो मुझे अभी अलविदा मत कहो। मैं अभी गई और अभी आई। इस पवित्र आग में से निकल आने दो। जाऊँगी और यहीं लौटकर आऊँगी।

सूरजमुखी अँधेरे के

मैं कम लिखने को ही अपना साहित्यिक परिचय मानती हूँ। ज़्यादा लिखने की न कभी हरसत रही, न कम लिख पाने का मलाल। लिखने के मामले में किसी भी तरह की जबर्दस्ती या मजबूरी सहन नहीं करती। तभी लिखती हूँ जब मुझे सचमुच में कुछ लिखना होता है। या यूँ कहने दीजिए कि जब लिखने को कुछ होता है।

अपने अन्दर-बाहर, आगे-पीछे का घटित हुआ किसी एक लम्हे में सिमटकर आँखों के आगे ठिठक जाता है तो हारकर अपनी क़लम के तेवर उठाने को तैयार हो जाती हूँ। यक़ीन मानिए वे बड़े मुश्किल दिन होते हैं और मुश्किल से ही गुज़रते हैं।

जो आपकी निगाह में अटक गया उसे अपने दिल-दिमाग़ से तौल परख आप कुछ गढ़ने बैठ जाते हैं। हाथ की मिट्टी को ठोक-पीट सम़ करते हैं और फिर वह सफ़र शुरू होता है जिसे लिखना कहा जाता है। लिखने वाले की हालत यह कि कुछ आसमान पर कुछ पाताल में। कुछ अपने अन्दर कुछ कहानी कें। सच तो यह है कि लेखक और कहानी की रूह मेज़ के आसपास भटकती रहती है।

ठीक से कह नहीं पा रही हूँ—जब तक ज़िन्दगी से होड़ लेती तस्वीरें

उठकर बोलने नहीं लगतीं—तबीयत जैसे तकली पर चढ़ी रहती है। अचानक आप कुछ और से हो उठते हैं। आँखें ज़्यादा साफ़ और दूर देखने लगती हैं। दिमाग़ चौकस और हाथ शब्दों के हीरे-मोती समेटने लगते हैं। पर एक बात कहें—हर बार आप माणिक-मोती ही नहीं समेट सकते। आपको पत्थर-कंकड़ भी चुनने होते हैं। जहाँ झाँकने को झरोखा या जाली लगानी हो वहाँ क़ीमती मोती का क्या कीजिएगा?

कहना यह चाहती हूँ कि जिस चीज़ को भी हाथ से उठाया है, उसका संस्कार, उसका समाज, उसका मिज़ाज, यहाँ तक कि उसके तमाम लग-लगाव तक से लेखक की वाक़फ़ियत होनी चाहिए। लिखते वक़्त यह सब कुछ ऐसी बारीक धार पर चलता है कि जादू-सा मालूम देता है।

मैं यह जानती हूँ कि इनसान की ज़िन्दगी के इने-गिने एकान्त क्षणों की तरह ही कलाकार के भी कुछ सार्थक क्षण होते हैं। वे कहीं से तोड़कर लाए नहीं जा सकते। न ही चाहने-भर से पाए जा सकते हैं। उनके लिए बरसों इन्तज़ार करनी होती है हालाँकि वे क्षण, हर दिन आपके दिल के साथ जिया करते हैं। और कभी-कभार आपकी बेख़बरी में आपके दिल के कपाट खटखटा जाते हैं। फिर लिखने की सूरत में आपसे जवाब पाते हैं।

लेकिन साहिब, हर एक लेखक के पास हर एक सवाल का जवाब नहीं होता। जिस लेखक को इस बात का अहसास नहीं—वह समूचा नहीं आधा लेखक है।

यह सच है 'बादलों के घेरे' से 'सूरजमुखी अँधेरे के' तक मेरे लेखन ने एक लम्बा सफ़र तय किया है। अपने से हटकर, अपने ही पाठक और आलोचक की निगाह से देखती हूँ तो एक बात बिलकुल साफ़ दीख पड़ती है कि महज़ भावुकता और कल्पनाओं से छनकर मैं ज़िन्दगी के यथार्थ की ओर बढ़ती आई हूँ। 'मित्रो मरजानी' और 'यारों के यार' मेरे इस मोड़ लेने का सबूत हैं।

'मित्रो मरजानी' के सन्दर्भ में इतना भी कहना चाहूँगी कि साहित्य और कला के क्षेत्र में शील और अश्लील के प्रश्न को ज़्यादा तूल देना मुनासिब नहीं। नैतिकता और धर्म के चौखटों के बाहर इनसान की ज़िन्दगी का एक बहुत बड़ा हिस्सा फैला पड़ा है। उसकी उम्मीदें, उसकी आस्थाएँ, उसकी

दुर्बलताएँ, उसके प्यार और सपने, उसके छोटे-बड़े आर्थिक संघर्ष—इन सबको नैतिकता के नाम पर छाँट देना, पुराने मूल्यों के दायरे से सहार कर उस पर फ़ैसले देना मुनासिब नहीं।

साहित्य और क़ानून की निगाह एक नहीं हो सकती। धर्म-उपदेश के सब्र, सन्तोष और निरन्तर कुछ नया पाने की लालसा, मानवीय छटपटाहट भी एक नहीं हो सकते। यह चीज़ कुछ ऐसी होगी कि आप अपने घर की खिड़की से बाहर देखें और वहाँ से दीखने वाले आसमान के टुकड़े को जहान-भर का आसमान समझ लें।

मुझे यह कहने दीजिए कि साहित्य जीवन का दर्पण है। ज़िन्दगी की बन्दिश नहीं। वह अलग बात है कि कला का एक आन्तरिक संयम होता है। बन्दिश होती है। वह कला के बहाव को, चढ़ाव को ख़ुद ही समेटता-सहेजता है। कला के सत्य को अपने में सँजोता है और खुलेपन में पनपने देता है। यही उसके सृजन की शर्त भी है।

'सूरजमुखी अँधेरे के' के लिए मेरे कुछ पाठकों और आलोचकों ने मुझसे जवाब-तलबी की है। उन्हें ऐसी माँग करने का हक़ है और मुझे ऐसी माँग को पूरा करने का।

कहूँगी कि सूरजमुखी वयस्क शैली और माध्यम से एक ऐसे सत्य का उद्घाटन है जो कोरी भावुकता अथवा निरी नैतिकता के मापदंडों से मापा नहीं जा सकता। आँका नहीं जा सकता। मुझे कहने दीजिए कि सूरजमुखी एक ऐसे सत्य का दस्तावेज़ है जिसे किसी भी हल्के सच या भारी झूठ से अंकित नहीं किया जा सकता था। इसलिए कि वह सत्य है, एक अतिरिक्त अनुभूति में गूँथा हुआ।

उपन्यास का घनत्व न नकार से उपजा है, न इनकार से, न आत्मपीड़न से, न आत्मकरुणा से। वह बना है वंचित हो जाने की उस सपाट तटस्थता से जहाँ ज़िन्दगी में ट्रेजेडी हो जाने का नाटकीय बोध तक नहीं है।

सूरजमुखी की स्थिति को उसकी परिवर्तन की सामाजिक अथवा आदर्शों की झूठी-सच्ची कसौटियों पर जाँचना साहित्य के मानवीय धरातल को वर्गीय विडम्बनाओं से ठूँस देना होगा।

बलात्कार केवल क़ानून की दफ़ा नहीं—मात्र रस-भंग भी नहीं। छोटे

बच्चों के गुप्त खेल भी नहीं। वह टूट गई अमंगल लहर की वह आसंग स्थिति है जिसे अपने चाहने से, मूल स्रोत तक लौटा लाना जन्म-जन्मान्तरों की यात्राओं-सा ही अनिश्चित है।

शायद इस बार, इसी बार—साथ सो सकने की प्रतीक्षा नहीं—साथ जीने की, साथ-साथ जीने की और किनारे पर अंकित सूखी लहर पर पानी की उछलन लौट आने की—उस निर्मल जल के दर्पण में साफ़ दीखी है रचनाकार को—झुठला गए जीवन की आसक्ति।

वहाँ न आदर्श है, न रोमांस है, न समाज के मूल मुखौटों का विद्रूप है। वहाँ व्यक्ति की घायल इकाई में धँस गया है आक्रमण का पुराना आतंक जो मुक्ति चाहता है—मैं। मुझे। मुझे भी। मुझे ही तो।

मैं जो हूँ। मैं हूँ जो। मैं।

अपने घायल देह-धुँधलके से घिरी रत्ती अपने में होते हुए भी अपने से दूर रही। बलात्कार से उपजी तन-मन की व्याधियाँ उसके व्यक्तित्व को विवृत घटाटोप में ले जाने को काफ़ी होतीं, लेकिन रत्ती ने अपने अन्दर के वीराने और बाहर की खोज को खोया नहीं, बल्कि चौकस रखा, यह बड़ी बात है। अन्तर की सीध को अपने बाहर से साधे रखना यह छोटी नहीं, बड़ी बात है। देहधर्म की सबसे नाज़ुक और उलझी गुंजल को खंडित रोध्यता पर न्योछावर भी नहीं किया। पूर्ण रूप से निजवाचक हो जाने की स्थिति भी अपने पर लागू नहीं होने दी।

रत्ती का संघर्ष अपनी देह पर छिन्न-भिन्न उस लहर से है जो मन से तन और तन से मन तक तरंगित होती है और व्यक्ति के अस्तित्व का संवेदनात्मक व्याकरण बन जाती है। रत्ती की स्थिति उच्छृंखलता में बदल सकती थी। रत्ती अपने स्वयं समर्थ अनुरागविहीन खिन्नता के भाव से, उलझाव से, मुक्त होने की निपट निरन्तर चेष्टा करती है। बलात्कार जैसी घटना और उसकी विद्रूप विसंगति उसे कौमार्य की जिस शिलालेखी ठंडी खिन्नता में जकड़ लेते हैं, वह किसी भी बच्चे को आतंक से घेर लेने की नियति प्रस्तुत करते हैं, किशोर और किशोरी दोनों को। कोई भी मनोवैज्ञानिक व्याधि तन-मन के बीच टुकड़ों की उलझाव-भरी बाँट का गणित लागू कर सकती थी, पर रत्ती ने अलगाव में

अपने को अपने से विलग नहीं किया, यही उसकी ज़ुर्रत रही।

दिवाकर के साथ होने के जिस अन्तरंग लीन भाव में वह विलीन होने का क्षण अर्जित कर सकी, उसमें दिवाकर निमित्त-भर नहीं थे। उनमें भी उनके समतल वैवाहिक जीवन का एक सपाट भाग स्वयं रत्ती का ही जीया हुआ भोगा हुआ था। इसी से दोनों के दरमियान प्रवाहित संवेदन का शुभ और शुभम्। इस तुष्टि में से कुछ अधिक बटोरने की इच्छा रत्ती में क्यों नहीं जगी, यह तथ्य लेखक के निकट भी इतना ही सहज और सरल होकर उभरा जितना रत्ती के शान्त-स्वच्छ 'स्व' में। देह की ही देहरी पर एक पवित्र भाव जो शायद बलात्कार के अमंगल को भूलकर देह की आसक्ति में जगाया-पाया जा सकता है। इस घटित होने में रत्ती की प्यास और दिवाकर का पौरुष नहीं, बल्कि कौशल और समभाव ही रहा होगा। कहानी की दौड़ भी शायद इतनी ही रही होगी।

ऐ लड़की!

अम्मू विधिवत् इस दुनिया से लौट गई थीं। सगे-सम्बन्धी अपने-अपने घर-परिवारों को जा चुके थे।

सुबह जगी तो घर के कोनों, कमरों में अम्मू दीखने लगीं।

मैं अपने लिए सजग और सतर्क हो उठी।

बस इतना ही—दूर हो जाओ इस ठंडे तापमान से।

फ़ोन बजा।

मित्र प्रकाशक—शीला सन्धू।

हमारा प्रोग्राम बदला है। हम इस महीने बाहर नहीं जा रहे। पहलगाँव में बुकिंग है। आप चाहें तो जा सकती हैं।

मेरी ओर से थी तत्काल सहमति!

श्रीनगर से पहलगाँव पहुँची तो पानी बरस रहा था। लगा मेरे लिए बरसा है।

टूरिस्ट ऑफ़िस से रिज़र्वेशन स्लिप दिखा कॉटेज का नम्बर लिया और चौकीदार साहिब के साथ ऊपर पहुँच गई।

कॉटेज सबसे ऊपर थी। एकान्त। सामने पहाड़ की चोटी पर बर्फ़ थी। नीचे लिद्दर का शोर था।

दोनों बाथरूम के गीजर ठीक थे। किचन में गैस और बर्तन मौजूद थे।

—सुबह की चाय तो आप देंगे न।

—नहीं साहिब। यह तो आपको ख़ुद ही करना होगा। चाय, चीनी, दूध लगाकर रख दूँगा आज।

सुबह की चाय बनाने का कोई उद्यम नहीं था। बाक़ायदा पाँच दिन दस बजे तक सोती रही।

फिर कुछ हुआ कि चौकीदार साहिब सुबह की चाय देने लगे।

एक दिन नाश्ते के बाद देर तक बरामदे में बैठी रही। ढलानों के सब्ज़े भी चलने, दौड़ने को न उकसा सके।

चौकीदार साहिब श्रीनगर जा रहे थे। दोपहर दो की बस से।

पूछा—कुछ मँगवाना तो नहीं वहाँ से!

—नहीं! शुक्रिया।

लंच के बाद फिर अन्दर जा लेटी।

नींद में देखा, कॉटेज के आसपास सब्ज़ ढलानों पर लोग बैठे हैं—कुछ ऐसे कि कोई जश्न, जलसा हो! मेरे बरामदे में से आ रही है आवाज़ सरोद की।

उठी। खड़ी हो गई। जाना होगा मुझे बस-स्टॉप पर। अगर चौकीदार साहिब न मिले तो मुझे श्रीनगर जाना होगा। काग़ज़ ख़रीदने के लिए!

चौकीदार साहिब बस के सामने खड़े थे—

—क्यों साहिब?

लिफ़ाफ़ा आगे किया। आपको मेरे लिए लिखने के काग़ज़ लाने होंगे। साइज और ब्रांड लिख दिया है।

—सुबह पूछा था न आपसे। तब क्यों न कह दिया!

—तब और बात थी।

इत्मीनान से घूमते-घामते हल्के मन से पहलगाँव क्लब पहुँच गई। चाय पी। रंग-बिरंगे ढेरों फूल थे। लिद्दर का शोर था। गोल-गोल पत्थरों पर पैर दौड़ाता छलकता पानी था। गोरे-चिट्टे ख़ूबसूरत कश्मीरी बच्चे थे।

लौटते हुए गुरुद्वारे के सामने से निकली तो अन्दर जा माथा टेका। लगा अम्मू वहाँ बैठी पाठ सुन रही हैं।

ऐ लड़की!

बाज़ार से कश्मीरी तश्तरी ख़रीदी और साथ ली लाल सुर्ख़ चेरी।

रात मेज़ पर बैठी तो अम्मू चुपचाप कमरे में आ विराजमान हो गईं। क़लम उठाई तो आवाज़ आई—

ऐ लड़की!

मेरी ओर से कोई आग्रह नहीं कि 'ऐ लड़की' को कहानी कहा जाए। संवादपरक होते हुए भी इस वृत्तान्त में कहीं कुछ ऐसा है जो इसे लम्बी कहानी का रूप देता है। ग़लत यह भी नहीं कि इसे यदि नाटक में रचा जाता तो शायद यह कहीं ज़्यादा उपयुक्त होता। संवाद इस साधारण और असाधारण मुखड़ेवाली स्थिति की माँग थी।

लेखक की सीमाएँ इसे नाटक की तरतीब न दे सकीं, यह स्वयं मेरे लिए चिन्ता का विषय रहा। किसी भी गद्य-लेखक की यह महत्त्वाकांक्षा होती है कि वह अपनी रचनात्मक अवधि में एक नाटक तो प्रस्तुत कर सके। ऐसा नहीं हो पाया, इसके लिए अपनी असमर्थता स्वीकार करनी होगी।

ज़िन्दगी को जीने का यह जो रोज़मर्रा का अभ्यास है इसे हम निरन्तरता नहीं कहते। बीमारी की उपस्थिति जो कि 'टर्मिनल' हो अपने में एक नाटकीय अंश सँजोए रहती है जो मानवीय तन और मन का अन्तिम अध्याय है, और जब यह मौजूद हो तो कुछ नाटकीय स्थितियाँ ऐसी घटती हैं जो आमतौर पर रोज़मर्रा की ज़िन्दगी के बाहर होती हैं। जब मैंने इसे लिखना चाहा तो लगा कि क्योंकि वहाँ नाटक था, ऐसा नाटक जो नाटक नहीं था और था भी, तो क्यों न इसे नाटक में ही लिखूँ। पर बाद में यह सोचकर कि मुझमें शायद इस बात की क्षमता नहीं है इसे नाटक में समेटने की, मैंने इसे कहानी के रूप में उतार लिया। यह मानकर कि मैं अपनी चीज़ को अपनी सीमाओं के कारण क्यों बिगाड़ूँ।

'ऐ लड़की' के बीज-मंत्र की ओर लौटें तो कहना होगा कि जिन शब्दों ने इस कहानी की पहली आहट मुझे दी थी वे तो कहानी के बाहर ही खड़े

रह गए। वे शब्द थे—'चिराग़ जलता रहेगा-चिराग़ जलता रहेगा-चिराग़ जलता रहेगा।' लेखक शब्दों से सरसरी तौर पर काम नहीं लेता। वह शब्दों और संवेदनाओं को एक-साथ चाहता है। शब्द ऐसे जो न भारी, न हल्के, न गहरे, न सतही, न मूक, न मुखर, न वज़नी, न हवा में लहराते—भाषा गूँथती है, जिसे लेखक अपने अन्तर में महसूसता है और अपने बाहर को सोखता है, अपने में जज़्ब करता है, गोचर और अगोचर को शब्दों में साधता है। इसमें निपुणता न लेखक की और न शिल्प के कौशल की ही।

जाती हुई, विदा देती और विदा लेती स्त्री पुरानी है, पर उसमें की आहट नई है। उसके नए की आहट है। स्त्री न मात्र बेटी है, न पत्नी, न सिर्फ़ माँ। वह इन सब में गुँथा एक व्यक्तित्व है जो उसके गुण और उपयोगिता से, उसके वैयक्तिक मूल्यों से परे उसके निज के आत्मधर्म से गुँथा है और उसकी काया के नीचे छिपा है। अपनी पूरी उपस्थिति के साथ। यही स्त्री का भविष्य है। सम्बन्धों की सघनता के पार अब यही उसका वक्तव्य है। जीवन और मृत्यु के प्रतिपक्ष में, यही उसकी नई चेतना की खोज है : बदलो, अपने देह-तंत्र के पार देखो, नई चेतना को स्वीकारो। अपने संस्कार की चेतना तुम्हें स्वयं होना है। स्त्री के जैविक स्वभाव को मात्र माँ का अक्स समझना, उसे अधूरा करके देखना है। उसके व्यक्तित्व की पहचान उसकी आर्थिक स्वतंत्रता से जुड़ी है। गद्य की स्पष्टता और उसके वैचारिक और सामाजिक खरेपन ने मुझे लगातार अपनी ओर खींचा है। अपनी कशिश विशेष से उकेरा भी है। एक ही मुखड़े और तेवर वाली भाषा में सोचना और लिखना मुझे उबाऊ लगता है। रचना के रचनात्मक केन्द्र में लेखक के संवेदन के साथ-साथ भाषा ही उसकी सीमाओं का अतिक्रमण कर रचना को व्यापक बनाती है। अपने को अपनी बँधी-बँधाई चौखट से परे सरकाकर पात्रों के अनुरूप भाषा, मुहावरे और संवाद को ढालना मुझे मात्र प्रयोग नहीं, लेखकीय सामर्थ्य का अहसास भी करवाता है, नई भाषा गढ़ने का साहस भी देता है।

जैनी मेहरबान सिंह

एक दिन पुराने काग़ज़ों को फाड़ते हुए जैनी मेहरबान सिंह की भुरभुराती पुरानी कॉपी हाथ लगी। पीले पड़े काग़ज़ों के स्पर्श से बदन में झुरझुरी-सी उठ आई। पुराने बरसों का पुलिंदा। रखने से फ़ायदा! फाड़ दो। जाने दो। फाड़ने को ही थी कि पहले पन्ने पर से अक्षर फड़फड़ाए—जैनी मेहरबान सिंह। इसी के साथ एक दूसरा नाम आँखों के सामने लहराया—स्क्वाड्रन लीडर ज़ोरावर सिंह!

हाथ वहीं का वहीं रुक गया—रुको, इतनी जल्दी भी क्या है।

दशकों पहले की लिखित को तनिक पढ़कर तो देखो। दो रातों और एक दिन में लिखा गया जैनी मेहरबान सिंह और ज़ोरावर सिंह का यह चलचित्री आख्यान, इसमें पाठकों के लिए कुछ पढ़ने को है भी कि नहीं! कभी लगता, है। कभी लगता, नहीं है। बेकार का असमंजस। अनजाने में काग़ज़ फट ही जाते तो भी कुछ बुरा तो न होता।

अपने प्रकाशक राजकमल प्रकाशन के अशोक महेश्वरी को जिज्ञासा हुई और मैंने वह पन्ने उन्हें पढ़ने के लिए सौंप दिए। इस पाठ को प्रकाशित होना चाहिए कि नहीं—इसका अन्तिम निर्णय भी उन्हीं पर छोड़ दिया। राजकमल से यह सूचना मिलने पर कि वह इसे प्रकाशित करने जा रहे हैं, मैं जैनी मेहरबान

सिंह के पाठकों से कुछ ज़रूरी तथ्य बाँटना चाहती हूँ।

सबसे पहले तो यह कि मूल रूप से जैनी मेहरबान पटकथा के पहले प्रारूप के अन्दाज़ में ही लिखी गई थी और इस पाठ का संयोग गहरे से 'मित्रो मरजानी' से जुड़ा है।

राम महेश्वरी साहिब ने 'मित्रो मरजानी' उपन्यास पढ़ा तो उन्हें उसमें सिनेमाई सम्भावनाएँ दीख पड़ीं। लेखक से पत्र-व्यवहार हुआ और उन्होंने मुझे बम्बई आने का निमंत्रण दिया। राम महेश्वरी साहिब अंग्रेज़ी साहित्य के प्राध्यापक रह चुके थे और अनेक सफल फ़िल्मों के निर्देशक भी।

'मित्रो मरजानी' के अधिकार अनुबन्ध को लेकर सब कुछ सुभीते से हो गया। राम महेश्वरी साहिब और उनकी कार्यकारी टीम के साथ मैं शाम की बैठकों में शामिल होने लगी। फ़िल्म की नई विधा और अनुशासन की बारीकियाँ मुझमें नए अनुशासन के प्रति जिज्ञासा और दिलचस्पियाँ जगाने लगीं।

समझ में यह भी आया कि रचनात्मक लेखक एक व्यक्ति के वजूद में रचना को नया रंग-रूप दे अपने कथ्य को लिखित में ढालता है और ठीक इसके विपरीत कहानी को पर्दे पर उतारनेवाली टीम ख़ासी लम्बी प्रक्रिया में से निकालकर इसे इसकी परिणति तक पहुँचाती है।

राम महेश्वरी साहिब की उपस्थिति में मित्रो मरजानी सिलसिलेवार एक नया सिने-रूप धारण करने लगी जो मित्रो के मूल पाठ से अलग पड़ने लगा था। एक शाम चर्चा हुई उस सम्भावित शॉट पर कि मित्रो बिकिनी में गाँव की नहर में तैरती दिखाई जा सकती है।

बिकिनी पहने मित्रो—यह जुमला और इससे उभरती छवि दोनों ने मेरे दिल-दिमाग़ में खलबली मचा दी। मैंने कहा—गाँव हो या क़स्बा—मित्रो बिकिनी में नहीं नहा सकती।

—चिन्ता न करें हम ठीक से इसे एडजस्ट कर लेंगे।

इस दृश्य पर बैठक में मौजूद लोगों को काफ़ी उत्साह नज़र आया।

मैं मित्रो के लिए ख़ासी परेशान हुई। कोई भी निर्णय लेने से पहले एक और कोशिश तो लाज़मी थी। ख़यालों ही ख़यालों में उस लड़की का नाम-पता

ढूँढ़ती रही जो गाँव की नहर में बिकिनी पहनकर नहा सके।

मेज़ तक पहुँची तो आँखों में कुछ कौंधा, कैनेडा में जन्मी-पली सुनहरे बालों वाली लड़की लौटती है अपने पंजाब के गाँव में—और नहर में तैर रही है।

भला नाम क्या है इस लड़की का!

सोचा-सोचा—

फिर चुपके से जैसे कोई पैग़ाम मिला—जैनी मेहरबान सिंह।

लिखने बैठी तो जैनी मेहरबान सिंह का प्रारूप उभरने लगा। लगा मित्रो पर आया ख़तरा शायद टल जाएगा।

शाम अपनी भूमिका के साथ यह कहानी सुनाई।

प्रतिक्रियाएँ ठीक-ठीक ही रहीं पर यह भी जोड़ दिया गया कि जैनी और मित्रो का सम्मिश्रण अच्छा रहेगा।

मैं चौकस हुई। लेखक होने के नाते मेरा कर्तव्य बनता है कि मैं मित्रो जैसे पात्र से इतनी छेड़छाड़ न होने दूँ। पर्दे के लिए मित्रो के भविष्य की कौशलपूर्ण तरतीबें और तरकीबें खुलती-उघड़ती रहीं और मेरे दिल्ली लौटने का दिन आन पहुँचा।

अभी आपको दो-एक बार आना होगा। कहानी के साथ-साथ संवादों में कुछ अदला-बदली तो होगी ही। उन्हें आप ही लिख सकेंगी। मुझे कहा गया।

बम्बई से दिल्ली तक के सफ़र में मेरे पास इतना वक़्त था कि मैं 'मित्रो मरजानी' पर पुन: विचार कर सकूँ। 'जैनी मेहरबान' की स्टोरीलाइन और मित्रो जैसे पाठ और पात्र की बन्दिश देख सकूँ! दिल्ली पहुँचने से पहले मैं निर्णय ले चुकी थी और हल्का महसूस कर रही थी।

राम साहिब को पत्र लिखकर पहले धन्यवाद दिया। फिर 'मित्रो मरजानी' के बदले जैनी मेरहबान सिंह को फ़िल्माने का सुझाव दिया। अपनी गति और विविधता में यह मित्रो से कहीं बेहतर रहेगी। उम्मीद करती हूँ कैनेडा में

जनमी-पली सुनहरी बालों वाली 'जैनी मेहरबान सिंह' अपने अन्दाज़ में पर्दे पर कुछ नया प्रस्तुत करेगी।

मित्रो जहाँ थी वहीं रही—और जैनी मेहरबान सिंह को फ़िल्म निर्देशक की पुकार न पड़ी। उसकी प्रतिलिपि फाइल कवर में पड़ी रही।

यह वही जैनी है।

लेखक के रूप में स्त्री

मैं कहूँगी कि आज के लेखन का लिंग स्त्री है। यह मैं आपको भड़काने के लिए नहीं कह रही। मेरे कहने का अर्थ यह है कि उसके होने में एक और भी शामिल है। उसने अपने लड़का या लड़की होने से बाई-सेक्सुअलिटी को ख़त्म नहीं किया है। स्त्रीत्व और बाई-सेक्सुअलिटी साथ-साथ चलते हैं। एक व्यक्ति से दूसरे व्यक्ति के बीच मात्रा का फ़र्क़ हो सकता है जिसके अनुसार इसकी ताक़त अलग-अलग सामने आती है जिसका सम्बन्ध इतिहास के उनके अपने क्षण से भी होता है। पुरुष के लिए यह ज़्यादा मुश्किल होता है कि वह दूसरे को अपने अन्दर प्रवेश करने दे।

स्त्रियों के लिए लेखन एक रास्ता है, एक प्रवेश, एक निकास, एक स्थान जहाँ उनका 'अन्य' उनके बीच रह सकता है, वह भी जो वे नहीं हैं, और वह भी जो वे हैं। वह नहीं जानती कि उसका होना क्या है, लेकिन वह चलते हुए महसूस करती है। जो उसे जीवित करता है, जो उसे दो-फाड़ करता है, विचलित करता है, बदलता है। पर कौन?

एक स्त्रीलिंग। एक पुल्लिंग।

कुछ?
या बहुत सारे।

कुछ ऐसा अज्ञात जो वास्तव में मुझे इच्छा देता है, जानने की और उस सब को जो पूरे जीवन टीसता है। यह जनाकीर्णता न तो आराम देती है, न सुरक्षा और सम्बन्धों को हमेशा विचलित करती है।

—हेलेन सिक्सू

एक स्त्री-लेखक होने के नाते मुझे पता है कि हेलेन सिक्सू क्या कह रही हैं। लेखक के रूप में मुझे ये भी पता है कि लेखन का संसार पुरुषों के अधीन है। साहित्य की राजनीति और रणनीति उनके ही हाथों में है। लेकिन इस तथ्य से भी इनकार नहीं किया जा सकता कि लैंगिक राजनीति के बावजूद स्त्रियों की अपनी दृष्टि के चलते स्त्री-लेखन से एक बड़ा संसार रचा जा चुका है।

हमारी उदार, लोकतान्त्रिक व्यवस्था ने भी भारतीय स्त्री को बराबर का नागरिक माना है। यह व्यवस्था बहुत मूल्यवान है क्योंकि इसने स्त्री को लेखन के ज़रिए अपनी एक जगह बनाने और समाज का ध्यान अपनी तरफ़ खींचने के लिए उसे एक मौक़ा दिया है। हमें यह भी पता है कि साहित्य अपने आप में एक बौद्धिक राजनीति है। लेखन जो कि देह और आत्मा, दोनों से एक जीवित धागे से जुड़ा है, अपने आप में एक सच है जिसकी अपनी एक विचारधारा है। किसी भी रचनात्मक लेखक के भीतर का सबसे गहरा हिस्सा, वह चाहे स्त्री हो या पुरुष, सत्य तक पहुँचने की ईमानदारी और सरोकार है। मुझे यह जानकर अच्छा लगता है कि स्त्री और व्यक्ति के रूप में मेरा अपने ऊपर अधिकार है और एक लेखक के रूप में मुझे विकसित होने की स्वतंत्रता है। और जब व्यक्तिकरण का अर्थ एक समूह के दायरे में एक अकेला व्यक्ति होना है तो हमारी वैयक्तिकता ही हमारी आन्तरिक और अनुपमेय विशिष्टता की पहचान बन जाती है। यह हमारे आत्म का ही एक रूप हो जाती है, मेरी बौद्धिक और रचनात्मक प्रतिक्रियाएँ एक उदात्त और सघन, संग्रथित मानवीय अनुभव में मूलबद्ध रही हैं। काम करते हुए मैं अपने अन्दर की दो इकाइयों,

दो तत्त्वों के प्रति सजग रहती हूँ। अर्धनारीश्वर की रहस्यवादी अवधारणा में मेरा रचनात्मक विश्वास रहा है, जिसमें स्त्री और पुरुष की लय, उनकी इच्छाएँ और आवेग एकीकृत और विरोधाभासी रूप में जुड़े होते हैं। साहित्य में लेखन अब कोई ऐसी गतिविधि नहीं रहा है जो सिर्फ़ पुरुषों के हाथ में हो। यह भी कहा जाता रहा है कि व्यवसाय के रूप में लेखन ज़्यादातर पुरुषों के पास रहा है लेकिन अब स्त्रियों को भी इसमें स्वीकार किया जाने लगा है लेकिन अभी बस अल्पसंख्यक के रूप में।

विश्व-भर में फैली नारीवाद की लहर ने लैंगिक भेदों को, जो कि सामाजिक मोर्चे पर सबसे विवादास्पद राजनीतिक मुद्दा बना हुआ है, अब ऐसी असमानताओं के रूप में व्याख्यायित किया जाने लगा है, जो स्त्री और पुरुषों के पालन-पोषण के कारण जन्म लेती हैं। पारंपरिक तौर पर कहा जाता रहा है कि आक्रमण पुरुष का क्षेत्र है और समर्पण स्त्री का। आक्रामक होना अधिकारसम्पन्न और शासक समूह का गुण है और समर्पण उनका जो उनके अधिकार के अधीन, उनके विषय हैं। इस संरचना के चलते मानव-परिवार में दो भिन्न सांस्कृतिक प्रारूप या कहें पैटर्न, बन गए हैं। एक स्त्री और एक पुरुष। जब हम अपना ध्यान लैंगिक राजनीति पर केन्द्रित करते हैं तो यह स्पष्ट हो जाता है कि परम्परा ने स्त्री को पुरुष के अधिकार में दिया है और स्त्रीत्व की एक ग़ुलाम संस्कृति की रचना की है; क्या इसकी अभिव्यक्ति भाषा के प्रयोग में भी होती है?

कहा जाता है कि स्त्री परिवार और समाज में जिसका स्थान निम्न है, सभी संस्कृतियों और समाजों में एक भिन्न और विपरीत भाषा का प्रयोग करती है। यह भी कहा जाता है कि यह भाषा अतार्किक होती है, मूल रूप से तात्त्विक, अनैतिहासिक और भावुक। इस नज़रिए से सिर्फ़ स्त्री की रचनात्मक भाषा की सीमाओं को रेखांकित किया जाता है। और यह मानने के हमारे पास कारण हैं कि भारतीय स्त्री अब पुरुष की अन्यता से मुक्त हो चुकी है। अपनी भावनात्मक निर्भरता से मुक्त होकर वह अब अपनी आर्थिक स्वतंत्रता को हासिल करने में जुट गई है। बाहर एक बड़े संसार के सम्पर्क में आने से परिवार, जीवन और कार्य के प्रति उसके नज़रिये में काफ़ी बदलाव आया है। व्यवसाय में होने के कारण वह अपने परिवार से दूर नहीं चली गई है। और यह उसके लेखन में

बख़ूबी झलकता है। वास्तव में वह एक बड़े परिवर्तन की ऐतिहासिक ज़रूरत को प्रतिबिम्बित कर रही है। उसे यह महसूस हो चुका है कि अगर वह अपने परम्परागत स्त्री-रूप से ही जुड़ी रहेगी, अर्थात जैसा तुम चाहते हो मैं वैसी बनूँ—तो यह ज़्यादातर मामलों में उसके लेखन के विरुद्ध जाएगा। उसने यह भी स्वीकार कर लिया है कि अपनी सम्भावनाओं के अनुरूप अपने व्यक्तित्व को विकसित करना हर स्त्री या पुरुष का अधिकार है।

एक लेखक या कहूँ कि एक लेखिका होने के नाते मुझे भी अपने भीतर और बाहर एक बड़ा स्पेस रचना होता है। मैंने जीवन को एक कुँआरी लड़की के रूप में स्वीकार किया है। न मैं घर चला सकती हूँ और न परिवार बना सकती हूँ। वह मेरा मॉडल ही नहीं है, मेरे अन्दर गहरी भावनाएँ हैं लेकिन मैं उनमें नहीं जो बैठी सपनों में खोयी रहती हैं। मेरे अपने अनुभव बहुत ख़राब नहीं रहे लेकिन वे इतने अच्छे भी नहीं हैं कि मैं अपने आप को दूसरों में विलीन कर सकूँ। एक स्त्री के रूप में मेरे अनुभव कोई असाधारण नहीं रहे, वे मेरे होने का हिस्सा हैं लेकिन वे मेरे भीतर को प्रभावित नहीं कर सके, न ही उनके चलते मेरे अपने आत्म की धुरी कहीं खिसकी, इसका करण यह रहा है कि मैंने जीवन में कभी आसान और नरम विकल्पों को नहीं चुना। मुझे पता चल गया था कि अपने भीतर के लेखक को पोसने में मेरा कोई दूसरा व्यक्तित्व काम नहीं आ सकता।

मुझे वही होना पड़ा जो मैं हूँ, पूरी तरह मेरा मैं, लेकिन मैंने अपने व्यक्तिगत और ग़ैर-व्यक्तिगत को शब्दबद्ध करना जारी रखा। लेखन निजता का अतिक्रमण है, और एक लेखक को अपना एक ऐसा आन्तरिक जगत निर्मित करना होता है जो हर प्रकार के अतिक्रमण से परे हो। एक ऐसा स्थान जिसे हर वक़्त बौद्धिक खुराक की ज़रूरत रहती है। इस पर कोई लेखक बाहर की दुनिया से कटा हुआ भी नहीं रह सकता। उसे हर क्षण समाज, परम्परा, प्यार, घृणा, हिंसा, रिश्तों और सामाजिक और राजनीतिक व्यवस्था का सामना भी करना होता है। एक अनुशासन के रूप में लेखन आपको अपने ही जटिल और विरोधाभासी आधिपत्य में रखता है।

अपने समकालीनों को सामने रखकर जब मैं अपने लेखन की पड़ताल

करती हूँ, तो मालूम होता है कि रचनात्मक उत्थान और पतन के दौर हम सब के जीवन में एक ही तरह आते हैं। इसके अलावा, अगर एक लेखक ज़रूरत से ज़्यादा कल्पना से ग्रस्त रहता है तो वह एक क़िस्म का नशा पैदा करता है, वह चाहे स्त्री लेखक हो या पुरुष। व्यक्तिगत चेतना के स्तर पर हम एक दूसरे से अलग हो सकते हैं। स्त्री और पुरुष दोनों ही, अपनी जीवन-शैली और अपनी भीतरी और बाहरी परिस्थितियों से अन्तर्क्रिया करते हुए अपने-अपने ढंग के गुणों के स्वामी होते हैं। रचनात्मकता को लेकर प्रचलित सभी क़िस्म की जैविक व्याख्याओं के बावजूद मैं मानती हूँ कि हर अच्छा लेखन एक जैविक एकात्मता से सज्जित होता है। इस एकात्मता को हम अलग-अलग औजारों और माध्यमों से हासिल करते हैं। कुछ होते हैं जो दूसरों के मुक़ाबले ज़्यादा मूल्यवान होते हैं। उदाहरण के लिए इसका कारण वह तीसरा आयाम है, वहाँ गहराई है, जिसके माध्यम से कोई भी लेखक अन्तर्दृष्टि, कल्पना और भावनात्मकता की सघन प्रक्रिया से मानव-अनुभव की अदेखी दुनिया में प्रवेश करता है। इसे हासिल करने के लिए लेखक अपनी संवेदना, अपनी बौद्धिक क्षमता और अपनी कला का प्रयोग करता है। जीवन के प्रति उसकी प्रतिक्रियाएँ ही उसकी रचना को निर्धारित करती हैं।

लेखन एक चुनौतीपूर्ण अनुशासन है। वह आपको अपने नियमों के अनुसार चलाता है। यह एक एकान्तप्रेमी व्यवसाय है लेकिन यह शून्य में सम्भव नहीं है।

सभी रचनात्मक लेखक, वह चाहे स्त्री हों या पुरुष, अपनी कल्पना के लिए एक क्षेत्र चुनते हैं, या तो आन्तरिक या बाह्य—जिसमें वे वास्तविकता को रूपान्तरित करते हैं। और लेखन के आयाम इतने व्यापक हैं कि इस काम को सबसे दूर जाकर एकाकी और वैयक्तिक अभिव्यक्ति के रूप में संभव नहीं किया जा सकता। इसके अलावा इससे स्त्री और पुरुष की एक स्टीरियोटाइप धारणा भी बनती है, जिससे स्त्री और पुरुष लेखन की प्रकृति निर्धारित होती है। स्त्री और पुरुष में एकमात्र अन्तर सिर्फ़ शारीरिक है। बाक़ी हर चीज़ में वे एक जैसे हैं। स्त्री की आत्मा का लिंग कोई और नहीं होता। दोनों के पास बिलकुल एक जैसी आत्मा होती है। दोनों को ही आत्मा, तर्क और भाषा का

एक जैसा उपहार मिला है। उन दोनों की रचना एक जैसे ढंग से काम करने के लिए हुई है और उनकी नियति भी एक ही जैसी होती है।

कोई भी लेखक किसी तकनीकी हुनर या कौशल से सजीव पात्रों की रचना नहीं कर सकता। किसी संवेदना, स्पर्श, स्थितियों, किसी विचार, और किसी सपने को चित्रित करने के लिए एक भीतरी संवेदनशीलता, और आख़िरकार एक पागलपन, एक छलाँग की ज़रूरत पड़ती है जिससे आप विशेष और सजीव पात्रों की रचना कर सकते हैं।

किसी भी लेखक को वह ताक़त और वह अन्तर्दृष्टि चाहिए होती है जो उन जीवित इलाक़ों की तलाश कर सके जहाँ नैतिकता और नैतिक मूल्य सामाजिक औचित्य की हदें लाँघ रहे हों। लेखक को उन इलाक़ों में प्रवेश करना होता है, प्यार और संवेदनशीलता के साथ, किसी विधिसम्मत निश्चितता और निर्णयात्मकता के साथ नहीं।

लेखन में वस्तुगत होना हमें चीज़ों, स्थितियों, लोगों, घटनाओं, और सबसे ज़्यादा अपने आप को झुठलाने और विकृत करने से बचाता है। इसका बहुत महत्त्व है। स्त्री और पुरुष दोनों ही उस लेखकीय निरपेक्षता की अवहेलना कर सकते हैं जो उनके लेखन का एक अहम हिस्सा है। जब किसी लेखक की आधारभूत चीज़ें विकृत या विचलित होती हैं, तो उसकी, उसके लेखन की और कथ्य की जैविक सम्पूर्णता गड़बड़ाने लगती है। इसका परिणाम कलात्मक उत्तरजीविता के लिए आत्म-रक्षात्मक मनस्थिति के रूप में सामने आता है जो तनाव और 'ब्लॉक्स' को जन्म देती है। इससे वह स्पष्टता भी बाधित होती है जो किसी भी ईमानदार लेखक के लिए ज़रूरी होती है। हर अच्छे लेखक के पास साफ़ निगाह और स्वच्छ आत्मा का होना ज़रूरी है।

सभी कलाएँ जब जन्म ले रही होती हैं, तो किसी भी अन्य प्राणी की तरह व्यवहार करती हैं। आपकी मेज़ पर मौजूद लिखित पाठ आपको सोख लेता है और अपनी मनीषा के साथ अपनी एक लय का निर्माण करता है। लेखक को अपने आलोक में आलोकित इस मूल्यवान उपस्थिति को एक आध्यात्मिक वातावरण देना होता है।

कोई लेखक अगर रचनात्मक पहचान को अपनी ताक़त का प्रयोग करते

हुए रचना के उपकरणों से नियंत्रित करने का प्रयास करती है तो उसके नतीजे बहुत विनाशकारी होते हैं। उसके पास न सिर्फ़ उसके अपने विचार होना ज़रूरी हैं बल्कि काग़ज़ पर उतरने वाली अपनी पहली पंक्ति से मिलने वाले संकेतों को ग्रहण करने के लिए भी उसे अपने एंटिना को लगातार जागृत रखना होता है। हर अच्छी रचना के अध्ययन से हमें पता चलता है कि वह सिर्फ़ कल्पना और स्मृति की भाषिक कारीगरी भर नहीं होती बल्कि उसके पीछे बौद्धिक और भावनात्मक संलग्नता की एक जटिल प्रक्रिया होती है।

पाठ अपनी इयत्ता का स्वामी ख़ुद हो जाता है और लेखक की सृष्टि मानवीय शोर, रंगों, आकारों और तमाम सजीव ख़यालों और चित्रों का स्थान लेने लगते हैं। किसी भी लिंग के हों, सभी लेखक जानते हैं कि पुनर्रचना में उन्हें कोई वास्तविक मूल्य इसके अलावा कुछ नहीं मिलता कि वे जो करते हैं वह लेखन में यथार्थ का अनुवाद होता है। इसी कारण, किसी भी विमर्श के नेपथ्य में भाषा की लोच और क्षमता के बावजूद एक और पाठ प्रवाहित रहता है। व्यक्ति अपने जीवन के तौर-तरीक़े, अपने जीने-रहने, सोचने और अपने आसपास के साथ, बाहरी व्यवस्था और अपने उन मूल्यों के साथ जिनमें उसका विश्वास है, अपनी प्रतिक्रियाओं से जो पाता है, वही उसकी भाषा होती है। विश्वासों की अपनी जगह होती है, वे पाठ के भीतर बहते हैं।

मेरे लिए अच्छी अभिव्यक्ति का सबसे सरल प्रमाण उसकी स्पष्टता और सहजता होती है। हो सकता है यह मेरी प्रकृति का मेरी स्पष्टवादिता का ही प्रतिबिम्ब हो। अच्छी भाषा को जीवन्त, सारगर्भित और स्पन्दनशील होना चाहिए, हठधर्मी, अविचल और सजावटी नहीं।

मैं यहाँ उस वाचिक भाषा की अकूत ताक़त का ज़िक्र करना चाहूँगी जो मैंने परम्परा से हासिल की है। 'ज़िन्दगीनामा' लिखते समय मुझे किसानी बोली पर अपना ध्यान केन्द्रित करना पड़ा और उसकी सूक्ष्म दृश्यात्मकता और नाटकीय बोध पर। दृश्यता और श्रव्यता का अपना एक संसार घटित होता है, जो इस सदी के आरम्भ से वास्तविक संसार के साथ-साथ चल रहा है।

'ज़िन्दगीनामा' जैसा कोई भी काम सिर्फ़ विषय की भावनात्मक पकड़

से सम्भव नहीं है, उसे इससे ज़्यादा कुछ चाहिए होता है। यह उपन्यास सिर्फ़ नोस्टेल्जिया भी नहीं है। यह मुझे अतीत की उस पवित्र पूर्णता में लेकर गया जहाँ मेरे पूर्वजों ने हमेशा के लिए अपनी जड़ें छोड़ी थीं।

विभाजन एक ऐसा हिंसक अनुभव रहा है जिसे भूलना कठिन है और याद करना ख़तरनाक। यहाँ मैं 'ज़िन्दगीनामा' की आरम्भिक पंक्तियों का उल्लेख करना चाहूँगी :

> इतिहास जो कि वह है और जो वह नहीं है, वह इतिहास,
> और वे घटनाएँ नहीं जिन्हें पुस्तकों में लिखकर आर्काइव में
> सुरक्षित कर दिया गया है।

लेकिन वह इतिहास जो इसके बाहर है वह लोगों की सामूहिक चेतना में बसा होता है। जब किसी ख़ास क़िस्म के इतिहास को बढ़ावा दिया जाता है, तो इतिहास और साहित्य के बीच एक क्रियाशील राजनीति को थोप दिया जाता है। इसे साहित्य और इतिहास के बीच रख दिया जाता है।

विभाजन के दौरान जो विस्थापन हुआ वह किसी का चुनाव नहीं था बल्कि मजबूरी थी। जिन लोगों को सीमा के इधर या उधर जाना पड़ा उन्हें इस अपरिवर्तनीय ऐतिहासिक त्रासदी में अपने घर, ज़मीनें और प्रियजनों को खोना पड़ा। मैं जो रचना चाहती थी वह सिर्फ़ मानवता की यह महान हलचल थी। एक जा चुके जीवन और उसकी आवाज़ों, चेहरों और शोर को अंकित करना मेरा मक़सद था। यहाँ आपको पंजाब की ग्रामीण, खुरदुरी, कठोर, और ज़मीन से जुड़ी जनता मिलेगी। उनके अस्तित्व के रेशे उत्तर-पश्चिमी सीमाओं से आने वाले आन्दोलनों से बने थे। विभाजन ने एक नयी सीमा खड़ी कर दी। गाँव की मस्जिद की एक अकेली मीनार—मैं जानती थी कि मुझे उसकी शाश्वत प्रतिध्वनि—अल्लाह-ओ-अकबर को ही साकार करना है।

होना हशमत का

यह काम विद्वानों का है कि वे तथाकथित स्त्री-लेखन का परीक्षण करें। मैं सिर्फ़ यह कह सकती हूँ कि एक लेखक के रूप में मैंने, जो इत्तेफ़ाक़ से स्त्री है, इस दिशा में कुछ महत्त्वपूर्ण जोड़ा है। मुझे लगता है कि मैंने तथाकथित महिला-विचार और भाषा के अधूरेपन को दूर करने का प्रयास किया है और एक नए स्त्री संवाद और विमर्श को एक नया रूप प्रदान किया है।

रचनात्मक लेखन में आत्माभिव्यक्ति का स्थान सबसे ऊपर है। यही उसका सर्वोच्च पैमाना है। कोई भी लेखक, स्त्री या पुरुष, वह चाहे जिस जाति या वर्ग से हो, अपनी आन्तरिक अनुभूतियों को लिखने, अपनी पीड़ाओं और अपने आनन्द को व्यक्त करने का बराबर हक़ रखता है; जो भी शैली उसे अच्छी लगे। और जिस भी रूप में वह सक्षम हो। अभी तक, पुरुष ही स्त्रियों और दमित, दलित जनों के विषय में लिखते रहे हैं। क्या उसकी विश्वसनीयता में कोई कमी थी? फिर ऐसा क्यों कि महिलाएँ अपने आपको अपने सुपरिचित तनावों, संघर्षों और पीड़ाओं तक ही सीमित रखती हैं, सिर्फ़ एक नए तर्क को सिद्ध करने के लिए? यदि आलोचक स्त्रियों की रचनात्मक अभिव्यक्ति को सिद्ध मानकों से नीचे रखते हैं, तो हम स्त्रियों को धैर्यपूर्वक उस समय की प्रतीक्षा करनी चाहिए जब हम अपने सामाजिक

और बौद्धिक स्पेस की रचना कर सकें, ऐसा स्पेस जो उनके पारिवारिक रहन-सहन और वस्तुगतता से दूर हो। यह सामान्य साहित्यिक छवि से परे जाने में उनकी मदद करेगा।

जब आप किसी चीज़ के बराबर आना चाहते हैं, दूसरों से स्पर्धा करना चाहते हैं, तो आपको अपनी सामान्यताओं पर काम करना होता है; असमानताओं पर नहीं, उन चीज़ों पर नहीं जो आपको अलग करती हों।

पुरुष और स्त्री की कार्यपद्धति में एक अन्तर होता है। यह आज के सामाजिक एजेंडे पर राजनीतिक रूप से सबसे अहम मुद्दा है। हक़ीक़त यह है कि स्त्रियों को कुछ निश्चित कार्यों पर महारत हासिल होती है और पुरुषों को कुछ दूसरे कार्यों पर, और यह सिर्फ़ इसलिए कि उन दोनों को दो भिन्न भूमिकाएँ प्रदान की गई हैं और उन्हें उनकी आदत पड़ चुकी है। व्यक्तित्व के कई आयाम स्त्रियों के लिए अलग और पुरुषों के लिए अलग दिशाओं में प्रवृत्त होते हैं। स्त्रियों में जिस पैटर्न की निरन्तरता दिखाई देती है, पुरुषों में उससे कुछ विपरीत भंगिमाएँ दिखाई देती हैं। विश्व में स्त्रीवाद की लहर आने के साथ इन अन्तरों को स्त्री और पुरुष के लालन-पालन और उनसे किए गए व्यवहार के अनुरूप स्पष्ट असमानताओं के रूप में व्याख्यायित किया जाने लगा है। और स्त्रीवादी विचार इस पर ज़ोर देता प्रतीत होता है और इस तरह स्त्रियों के मन में यातना के बिम्बों को और तीव्र करता है। आज के सन्दर्भ में जब हम जीवन के विषय में सोचते हैं, कैरियर, आजीविका अर्जित करने, वित्तीय और मनोवैज्ञानिक स्वतंत्रता के सन्दर्भ में स्त्री और पुरुष दोनों समान हैं।

रचनात्मकता में मेरा विश्वास है कि तमाम अच्छा लेखन एक स्तर पर एक जैसा है जिसे विभिन्न माध्यमों और औजारों से अर्जित किया गया है। इनमें से कुछ की अहमियत दूसरों से ज़्यादा होती है। तर्क में गहराई का एक तीसरा आयाम होता है, जिसके माध्यम से लेखक एक अन्तर्दृष्टि, कल्पना और सघनता की एक जटिल प्रक्रिया के द्वारा जीवन को अन्वेषित करता है। वह प्रक्रिया जो मानव अनुभूतियों के सर्वाधिक सघन क्षेत्र में प्रवेश करती है। कोई भी लेखक, दूसरी रचना प्रतिसंवेदना, बुद्धि और कलात्मक हुनर के साथ

करता है। प्रतिक्रिया, जीवन के प्रति उसकी कुल प्रतिक्रिया उसके अनुभव को निर्धारित करती है और अनुभव किसी भी अच्छे लेखन के लिए निर्णायक होता है। रचनात्मक उत्कंठा के लिए उच्च अथवा निम्न प्रेरणाएँ दोनों के लिए एक जैसी होती हैं। दोनों में से कोई भी, वह चाहे स्त्री अथवा पुरुष, विचारों के उच्च बिन्दु पर पहुँचे बिना अच्छा लेखन नहीं कर सकता।

मेरा मानना है कि अगर किसी के पास शिक्षा और कैरियर के एक जैसे अवसर हैं और वे अधिकार जो उसे संविधान द्वारा प्रदत्त हैं; और अगर वह एक जैसे मूल्यों, कर्तव्यों और जिम्मेदारियों के साथ पला-बढ़ा है, तो एक खुले वातावरण में इसकी कोई ज़रूरत नहीं है कि स्त्री और पुरुष लेखक की शैली में कोई अन्तर उभरे। इस मामले में जेंडर की कोई भूमिका नहीं है। पालन-पोषण, कैरियर और जीने के तौर-तरीक़े किन्हीं भी दो व्यक्तियों के बीच अन्तर पैदा कर सकते हैं। यह अन्तर पुरुष और पुरुष, स्त्री और स्त्री और पुरुष तथा स्त्री, किसी के भी बीच हो सकता है।

अशिक्षित स्त्री की मौखिक भाषा में गजब की सम्भावनाएँ हैं। भारत में ज़्यादातर स्त्रियाँ, ख़ासतौर पर ग्रामीण स्त्रियाँ सिर्फ़ इसी हथियार से अपनी लड़ाई लड़ती हैं और वह भी बहुत प्रभावपूर्ण ढंग से। अब सामाजिक सशक्तीकरण और संवैधानिक अधिकारों के साथ, स्त्री अपने पाठ और अपने जीवन को नई ऊर्जाओं के साथ सँभाल रही है। उसका नया आत्मविश्वास, और आन्तरिक स्पन्दन, अपने समकालीन पुरुष के बराबर आना चाहता है।

आम तौर पर कहा जाता है कि जीने के लिए एक स्त्री का आत्मरक्षात्मक मनोविज्ञान मानसिक रुकावटों, तनावों और साथ ही यंत्रणा में फलीभूत होता है जो उसके व्यक्ति को उलांघ जाता है। इससे उसकी दृष्टि बाधित होती है, जो एक लेखक के लिए बहुत महत्त्वपूर्ण है। और इस प्रकार यह नारीवादी लेखन की एक सीमा बन जाती है। लेखन देह और आत्मा में एक साथ जीवन भरता है।

यह सोचकर अच्छा लगता है कि एक स्त्री के रूप में मैं अपना 'व्यक्ति' रही हूँ और बतौर एक लेखक मेरे पास अपना स्पेस और स्वतंत्रता रही है जिसमें मैं अपना विकास कर सकूँ।

हशमत मेरे लिए सिर्फ़ तखल्लुस नहीं है। वह मेरा आध्यात्मिक सहजात है। एक साहित्यिक व्यक्तित्व जो अत्यंत प्राकृतिक ढंग से मुझे उत्तेजित करता है। उसकी संक्षिप्तता और मानसिक स्वास्थ्य में कल्पना और वास्तविकता की एक नाटकीय भंगिमा है। तर्क और कल्पना के चलते उसने मेरे पात्रों में अपनी एक पहचान बनाई है। उसकी भंगिमा उसे बाहरी संसार में इस प्रकार स्थित करती है कि वह एक सुझाव का प्रतीक बन जाता है जिसने अपनी एकाग्रता के लिए एक प्रतिष्ठा अर्जित की है जो कि वास्तव में मेरा अपना आत्म है जो मेरे भीतर कहीं स्थित है। मैं आपके साथ एक रहस्य बाँटना चाहूँगी। मैं हशमत से एक दूरी बनाए रखती हूँ।

मुझे अपने लिए भीतरी और बाहरी तौर पर अपना एक स्पेस बनाना पड़ा है। मैं घर-परिवार के लिए नहीं बनी थी। वह मेरी बनावट ही नहीं है। मेरा मानना है कि परिवार बनाना और उसे पालना-बढ़ाना एक स्त्री के लिए लेखन-विरोधी होता है। किसी भी औरत के लिए घर और लेखकीय अनुशासन के बीच सन्तुलन बनाना बहुत समय-साध्य चुनौती होती है। एक पितृसत्तात्मक समाज में घर और परिवार औरत की चेतना, ऊर्जा और कौशल पर अपनी ख़ास दावेदारी रखते हैं, उन्हें सोखने लगते हैं और रचनात्मक लेखन जैसे किसी कार्य के लिए बहुत कम जगह रह जाती है।

अपने लिए मैं कह सकती हूँ कि मेरी भावनात्मक रेंज बहुत गहरी थी, लेकिन मैं स्वप्नशील कभी नहीं रही। अनुभव बहुत सुखदायी नहीं रहे लेकिन ऐसे भी नहीं थे, कि मैं स्वयं को दूसरों में खो दूँ। मेरे स्त्री-अनुभव किसी औसत व्यक्ति से कम नहीं थे, लेकिन पर्यावरण ने न तो मेरी भीतरी जगहों को प्रभावित किया और न ही मेरे वजूद के जोड़ों को अस्थिर किया।

रचनात्मक लेखन तभी सम्भव है जब एक स्त्री के रूप में आप जीवन के सरल और नरम विकल्पों को न चुनें। मुझे मालूम था कि एक लेखक के रूप में अपने काम को जारी रखने के लिए मैं कोई अन्य नहीं हो सकती, और न ही मेरा लेखन किसी अन्य चीज़ के मुक़ाबले द्वितीयक। मुझे बाक़ायदा मेरे मैं में स्थित होना था, एक दम सटीक रूप में।

कहा जाता है कि वैयक्तिकरण का अर्थ है एक इकलौती मानवीय इकाई

होना। शक्ति सत्ता हमारे अन्तर्मन और अनूठेपन से जुड़ी होती है। इसका अर्थ अपने साथ होकर सम्पूर्ण होना भी होता है।

लेखक के आयाम इतने व्यापक होते हैं कि इसे एक व्यक्ति की एकाकी आत्म-अभिव्यक्ति तक सीमित नहीं किया जा सकता। सभी रचनाकारों, वे चाहे स्त्री हों या पुरुष, को अपने अनुभवगत यथार्थ से रूपांतरण के लिए अपनी भीतरी या बाहरी कल्पना को जानना-पहचानना होता है।

रचनात्मक लेखन के क्षेत्र में होते हुए, मैं जब अपनी रचनाओं पर निगाह डालती हूँ तो मुझे लगता है कि रचनात्मक उभार और ठहराव सभी लेखकों के लिए बराबर होते हैं, वे चाहे स्त्री हों या पुरुष।

हमें मालूम है कि लैंगिक राजनीति में पुरुष की स्थिति अव्वल है, इसलिए साहित्य की राजनीति में भी उसकी जगह ऊपर होती है।

पुरुष हो या स्त्री, लेखक यदि ज़रूरत से ज़्यादा कल्पनाशीलता से ग्रस्त होगा तो वह एक तरह का साहित्यिक नशा पैदा करेगा। हर किसी की व्यक्तिगत चेतना का स्तर गुणात्मक रूप से अलग होता है। इसका आधार व्यक्ति की जीवन-शैली और भीतरी तथा बाहरी परिस्थितियाँ होती हैं।

लेखन में वस्तुपरकता उस योग्यता को इंगित करती है जिसकी मौजूदगी चीज़ों, स्थितियों, व्यक्तियों, घटनाओं और सबसे ज़्यादा स्वयं अपने आपको विकृत होने से बचाती है। यह महत्त्वपूर्ण है। स्त्री और पुरुष, दोनों लेखक के रूप में अपनी निष्पक्षतता को नज़रअन्दाज़ या उसका दुरुपयोग कर सकते हैं। जब किसी लेखक की आधारभूत संरचना अव्यवस्थित या विकृत होती है तो वह जैविक सम्पूर्णता, उसकी देह, पाठ और कथ्य की आत्मा को विकृत करती है। हर सच्चे लेखक के पास साफ़ दृष्टि और स्वच्छ आत्मा का होना ज़रूरी है। महिला या पुरुष किसी भी लेखक के लिए ईमानदारी और सच तक पहुँचने का सरोकार ख़ासतौर पर महत्त्वपूर्ण होता है।

किसी भी लिंग से हों, सभी लेखक, जानते हैं कि वे रचना के माध्यम से सिर्फ़ वास्तविकता का रूपान्तरण भर कर रहे होते हैं। यही कारण है कि किसी भी विमर्श के पीछे एक मौन पाठ छिपा होता है जो भाषा की तन्मयता और प्रतिक्रियात्मकता के बावजूद होती है।

कहा जाता है कि आक्रामकता पुरुष होती है और समर्पण स्त्री। आक्रामकता वर्चस्व तथा समर्पण और नरम पक्ष का सम्बन्ध अधीन समूहों के साथ होता है।

अगर ऐसा है तो इस संरचना का जो मूल आधार है, उसके चलते मानव-परिवार में दो भिन्न सांस्कृतिक प्रारूप अस्तित्व में आए हैं। स्त्री और पुरुष। जब हमारी निगाह लैंगिक राजनीति पर पड़ती है, तो यह बात साफ़ हो जाती है कि पुरुष वर्चस्व के अधीन एक भिन्न स्त्री उपसंस्कृति का जन्म हुआ है। क्या यह चीज़ भाषा के प्रयोग में भी दिखाई देती है।

स्त्री-लेखन के प्रति लगाए जानेवाले आरोपों पर आएँ तो उनमें 'अश्लीलता' और 'अशालीनता' के विषय में कहा जाता है। यह सवाल किया जा सकता है कि क्या आप स्त्री-लेखकों के लिए कोई नई आचार-संहिता लाना चाहते हैं! रचनात्मक संस्कृति को शुद्ध करने की ऐसी किसी भी विभाजनकारी कोशिश का हमें विरोध करना चाहिए। यह कहना कि 'इरॉटिक' चल सकता है, अश्लीलता नहीं, एक अभिजातवादी वक्तव्य है जो लोकतांत्रिक और मानवीय मूल्यों के विरुद्ध जाता है। हमें भूलना नहीं चाहिए कि स्त्री और पुरुष, दोनों एक ही प्रजाति से ताल्लुक़ रखते हैं और प्राणिजगत में वे ही एक-दूसरे के सबसे नज़दीक हैं। वे ही हैं जो एक साथ रहते हैं, एक परिवार की रचना करते हैं, और दुनिया को सुन्दरतम बनाते हुए मानव-जाति की परम्परा को आगे बढ़ाते हैं। पुनः कहना चाहूँगी कि सिर्फ़ उच्च वर्ग के लोग ही इरॉटिक और अश्लीलता के आधार पर फ़र्क़ करते हैं। आज कुछ भी ऐसा नहीं जिसे अश्लीलता कहा जा सके। गर्भनिरोधक उपायों के प्रचलन ने सेक्स के रहस्य को पहले ही बेपर्दा कर दिया है। अब न उसमें कोई जिज्ञासा बची है, और न ही कोई रहस्य।

इस मामले में स्त्री-लेखन में इसकी अभिव्यक्ति को क्यों ढूँढ़ना चाहिए। स्त्री-लेखकों के लिए यह एक नए युग का आरम्भ है। उनकी अभिव्यक्ति के लिए कितनी अश्लीलता और कितनी सेक्सुअलिटी ज़रूरी है, इसका फ़ैसला उन्हें ख़ुद करना चाहिए। लैंगिक राजनीति में बरसों तक अधीनता की स्थिति में रहने के चलते उनके लिए पुरुषों से अलग कोई नियम बनाने का क्या

औचित्य है? स्त्रियों को सदैव पुरुषों की नज़र से ही देखा गया है और उन्हीं के नज़रिए से पेश किया गया है। अब वह स्वयं अपने आपको देख रही हैं। और एक नए नज़रिए से पुरुष को भी। किस तरह पुरुष ने अब तक स्त्री देह की नग्नता को देखा, उसकी तारीफ़ की और अपने लेखन में चित्रित किया है, अब स्त्री को वही अधिकार क्यों नहीं दिया जा सकता? ये दोहरे नियम किसलिए? मानव साहित्य में दो भाषाएँ और दो धारणाएँ क्यों होनी चाहिए?

हम स्त्री लेखकों को एक मनुष्य के रूप में अपनी दावेदारी क्यों नहीं करनी चाहिए? साहित्य को लिंग और व्यक्ति के आधार पर विभाजित करना बेहद ख़तरनाक स्थिति है। इससे सिर्फ़ साहित्य सीमित होगा, और इससे उसका विकास और विस्तार बाधित होगा।

रचनात्मक साहित्य में किसी भी लेखक के लिए कोई भी निर्देश क्यों होना चाहिए? यह उसकी अपनी कल्पना और कला-कौशल पर निर्भर करता है कि वह किसे अश्लील मानता है, और किसे नहीं। इसका सम्बन्ध लिंग से क्यों होना चाहिए? अश्लीलता और इरॉटिका के फ़र्क़ को समझने के लिए एक पीढ़ी की शिक्षा काफ़ी नहीं है। इसका सम्बन्ध आर्थिक समृद्धि से भी है। ऊँचे तबक़े के लोग ही इच्छा और सेक्स के विषय में अश्लील हुए बिना विचार कर सकते हैं? स्त्रियों के लिए ही कोई नई नैतिक संहिता लाने के लिए हम क्यों चिन्तित हैं? लेखन के लिए दो श्रेणियाँ मत बनाइए!

कहना ग़लत न होगा, कि हशमत इन्हीं दो श्रेणियों की सन्धि से उभरी एक पहचान है।

कमरे को लेकर हमें न कोई ग़लतफ़हमियाँ हैं, न कोई मुग़ालते*

साहिब,

बिचारे अदीबों के नये-पुराने कमरों के बहाने उनके राज़ उछालने के लिए परदे फाश करना बहुत वाज़िब तो नहीं लग रहा। उनकी हस्ती का झूठा-सच्चा दिखावटी रुआब बना ही रहता तो अच्छा था। उनकी काबलियत के मुताबिक़ उनके कमरों की हैसियत सट्टा खेलने से नहीं बनती। ख़्वाब देखने और मेहनत करने से बनती है। टुकड़ों-टुकड़ों में—अगली-पिछली कृतियों के बल पर। वह अपने-अपने कमरों में रहते हुए कैसे सोचते हैं, कैसे पढ़ते-लिखते हैं, उसूलों पर कैसे लड़ते-झगड़ते हैं, कैसे अच्छी-बुरी राजनीति में दखलअन्दाजी करते हैं, कैसे दिमाग़ी और दिल के पैमानों से निपटते हैं—ऐसी मनमानियों और कारस्तानियों वाली उनकी अपनी हो दुनिया है। वह दुनिया बाहर की दुनिया से छोटी है और अपने कमरे की दुनिया से बहुत बड़ी। और भी बड़ी 'लोक' के ख़्वाबों से, सपनों से। वहीं से उनके विचार, शब्द और पाठ बाहर वालों के लिए प्रवाहित होते हैं। प्रसारित होते हैं। सच कहें, हम लेखक भले मामूली साधारण हों, हमारे कमरे अपने-अपने अभावों में, कमियों में भी विशेष हैं।

---

* यह लेख 'शुक्रवार' पत्रिका के एक स्तम्भ 'मेरा कमरा' के लिए लिखा गया था।

सच कहें तो हम अपने कमरे की तासीर ज़ाहिर करने से कतरा रहे थे। मगर साहिब आज की तारीख़ में अगर आवाज़ पड़ जाए और कुछ पब्लिसिटी मिल जाए तो अपनी संवरन और निजता दूसरों के हवाले। शायद यही वजह होगी, हमारे इस जोख़िम भरे फैसले की कि हम आपकी हुक्मउदूली न करें। इतना तो कहना होगा कि आप लोगों की सियासी पुख़्तगी ही है जो हम जैसे कमज़ोर परहेजगार अपने कमरे को बेपर्दा करने पर राजी हो गए। सच यह भी कि अपने कमरे को लेकर हमें न कोई ग़लतफ़हमियाँ हैं, न कोई मुग़ालते। कमरा नया नहीं पुराना है। ख़ासा पुराना, पुराने हम और पुरानी इसकी इमारत। ज़ाहिर है इसमें लिखी इबारत भी नई नहीं। साजो-सामान भी पिछली सदी का।

जनाब जन्म-तारीख़ एक बार शिकंजे में कस ले तो उसमें से आप अपने चाहने पर निकल नहीं सकते। 'नयी' के क्यू में खड़े नहीं हो सकते। पुरानी पीढ़ी, वही दकियानूसी टिकी हुई है पुराने जर्जर ठियों पर। स्थगित पुरानेपन की गिरफ़्त में एक बार फँस गए तो उसमें से निकलना नामुमकिन। यह क़ानून अल्लाह मियाँ का है। ख़ैर, साहिब हमारे कमरे और उनमें रहने वाला लिखाड़ी बुज़ुर्गी में है। पर फिर भी अदबी विरासत के ख़ज़ानों को खोदने-ढूँढ़ने पर चालू है।

ख़ैर, कमरा जो है सो है। मेज़ है, कुर्सी है, काग़ज़ और क़लम हैं। किताबें हैं। काग़ज़ फैले हैं बेतरतीब और कमरे के कोने भरे हैं रद्दी के गट्ठरों से। इतने कि कबाड़ी भी एक बार में न उठा सके। क्या कहें? दिमाग़ी पशोपेश में हैं। ताज़न्दिगी यह कमरा न मामूलीपन से उभरा और न ही हमने इसे ख़ास बनाने की ही कोशिश की। हक़ीक़त यह है कि कमरा हमें अपने वजूद-सा ही मालूम देता है। या तो कमरा हमारे वजूद में गढ़ा है या हमारा वजूद ही यह कमरा है। खुदा झूठ न बुलवाए—इस कमरे और अपने लेखक की हैसियत में कोई फ़र्क मालूम नहीं देता। इसको बदलने वाले संगीन अदबी खेलों से हम सब वाक़िफ़ हैं। हालाँकि इसमें कामयाब होने के लिए लिखाड़ी की हस्ती को कई पटरियाँ बदलनी पड़ती हैं। अपने लेखक को फलाँग कर कभी इस ख़ेमे और कभी उस ख़ेमे में। कभी दाएँ दाख़िल, कभी बाएँ शामिल।

ख़ामोश! तुम लेखकों की नई दुनिया के ताने-बाने से बिल्कुल बेखबर हो। तुम वही करते रहो जो अब तक करते आए हो। तुम्हारी सोच और धन्धे का सरमाया यहीं—इसी कमरे की मेज़ पर है। अगर तुम इस कुर्सी पर तैनात नहीं तो महज़ सब्ज़ी का ढेर हो। सो, बैठो इसी कुर्सी की सख़्त गद्दी पर जो सिर्फ़ और सिर्फ़ तुम्हारी है। इससे अलग किसी और अमीरी की उम्मीद में न रहना। यही अदा रखो कि तुम पुराने कलमिया खानदान के मुफ़लिस शाहजादे हो। बिना काम किए लम्बे अरसे गुज़र जाने दिए तो तुम्हें पता भी न लगेगा और तुम हमेशा के लिए बुझ जाओगे। लेखक के दिल-दिमाग़ का जो ठंडा ताप है उसे उकसाना पड़ता है कि वह सुलगे। बन्द कमरा और उसकी खिड़की खोल दो। इस बार गए तो गए काम से। ख़याल रहे नाकारा सुस्त लेखकों के नाम-काम और मकान की कुर्की एक साथ हो जाया करती है। यह भी याद रहे कि असली लेखक न ख़ुद बनते हैं न बनाए जाते हैं। देर तक मेज़ की ख़ामोशी ख़तरनाक विभ्रम और विसंगतियों की दलदल में धकेल सकती है। सो आन्तरिक द्वंद्व और अन्तर्विरोधों से उबर कर कोरे सुथरे पन्नों के ज़रिये अपने समय से संवाद करो। यह न भूलो कि प्रबुद्धों के निकट सक्रियता और क्रूरता सफल लोगों का आभूषण है। इसी के बल पर इकलौते कमरे वाली को निर्मम होने की हद तक सर्द और क्रूर होना पड़ता है। आज की बहुधन्धी, बहुकर्मी साहित्य-संस्कृति का यही आज्ञापत्र है। सावधान, होशियार! लेखक होने के अपने धर्म को निबाहो ओर गतिमान हो जाओ।

आलोचकों से मत घबराओ। आलोचक ख़ास तरह की निगहबानी के मालिक हैं—उनसे मत घबराओ। उनकी नज़र कभी सीधी गहरी, कभी टेढ़ी, कभी तिरछी और कभी पाठ के आर-पार जाने वाली, उनके आलोचनात्मक जायज़ों का तो हमें कृतज्ञ होना चाहिए! सो, उठा लो क़लम। लम्बे इन्तज़ार के बाद की रिमझिम। वह भी पहली पंक्ति में ही। फिर गर्जन-तर्जन मूसलाधार।

नहीं। रुक जाओ। अपने को संयमित करो। इस पनीलेपन की तरलता को सूख जाने दो। इंतज़ार करो उस क्षण का जब इस ख़ामोश कमरे में कोई आहट हो विचार-भाव, शब्द, स्वर, ध्वनि का तो इनकी सम्मिलित गूँथ में मानवीय मन की तरंगों को उनकी निजता और जीवन के राग-विराग और लौकिक

और अलौकिक के सम्मोहन को अंकित करो। लेखक की चिन्ताएँ अनेक हैं। व्यक्ति, समूह, समाज, राजनीतिक स्थितियाँ, इंसान के संघर्ष, विद्रोह, हिंसा, आतंक उसके रचनात्मक फलक से दूर नहीं।

इस नई कृति के समापन से यह कमरा कृतार्थ हुआ, अब चाय हो जाए। गैस पर पानी खौल रहा है और दिल में गहरा इत्मीनान। लम्बे अरसे के बाद ठंडी तल्ख़ियाँ और उदासीन तनावों से छुटकारा मिला। रचना की क़ैद से बरी हुए।

कमरे तक आती हवाएँ ठंडी हैं या गर्म हैं—अपने लिए ख़ुशग़वार हैं। मेज़ पर जब ख़ामोशी थी तो यारों ने कहना शुरू कर दिया कि क़लम सूख चुकी है और कमरा भुतहा हो गया है, पुरानी दीवारों पर पुरानी तस्वीरें हिल रही हैं। खटखट दरवाज़ा बोला। बरामदे में पाँवों की हरकत। इतने में कि हम उठें और किवाड़ तक पहुँचें, साँकल ख़ुद-ब-ख़ुद खुली—कौन?

'पहचाना नहीं मित्र, हम हैं भारती भंडार वाले वाचस्पति पाठक। और यह लड़की चन्ना।'

'चन्ना ?'

'अरे, शाहजहाँपुर वाली आपकी चन्ना।'

'पाठक जी, यह प्रसंग अब नहीं चलेगा। आप नाहक इसे अपने साथ लाए।'

'इसकी मौजूदगी से आपको क्यों संकोच हो रहा है।'

'पाठक जी, अब हमें 'चन्ना' से कुछ लेना-देना नहीं।'

'बन्धु कमाल कर रहे हो। हम इतनी दूर से इसे आपके पास छोड़ने आए हैं और आप इसे अपनाने से मुकर रहे हैं।'

'पाठक जी आप, बिन्दाप्रसाद ठाकुर और नागरी प्रचारिणी सभा के लल्लूप्रसाद जी ही अब इसके गार्जियन हैं। अब 'चन्ना' को लेकर हमसे कुछ मत कहिए।'

'इतना बड़ा उलाहना और क्रोध उस छोटी-सी बात पर।'

'वाह, उस बड़े हादसे को आप छोटी-सी बात बता रहे हैं। क्या अहिन्दी भाषी लेखक पर कटाक्ष कर रहे हैं !'

'सुनिए-सुनिए, आपने 'चन्ना' उपन्यास में मार पंजाबी भाषा-बोली का

ध्वनि-संसार भर दिया। उसे कौन पढ़ता! कौन समझता?'

'पाठक जी, अगर ऐसा ही था तो भारती भंडार ने उसे प्रकाशित करने का निर्णय क्यों किया?'

'इसलिए कि भगवती बाबू आपकी पांडुलिपि लेकर आए थे। यह तो बताइए वह आपको कहाँ मिल गए?'

'हिन्दी साहित्य सम्मेलन के शिमला अधिवेशन में हम स्कूली बच्चे लेखकों के ऑटोग्राफ लेने स्टेज पर पहुँच गए थे।'

'ऐसा! तो हिन्दी के बारे में आपको कुछ तो पता था तब आपने उस उपन्यास में हिन्दी पाठक की समझ में न आने वाले शब्द क्यों भर दिए। इस पर तुक्का यह कि आप भारती भंडार को कसूरवार ठहराने पर तुले थे। आधे से ज़्यादा उपन्यास छप चुका था और आपने उसे वापस ले लिया। भारती भंडार का कम नुक़सान नहीं हुआ।'

'पाठक जी, आप कुछ भूल रहे हैं। हमने प्रिंटिंग और छपाई का भुगतान कर दिया था। उसी के बाद आपने हमें 'चन्ना' की पांडुलिपि लौटाई थी।'

'आप सारा दोष भारती भंडार पर मढ़ रहे हैं, अब हम और कुछ न सुनेंगे। चलते हैं—हाँ, यह 'चन्ना'?'

'इसे भी साथ ही ले जाइए। हाँ, हमारी इतनी बात सुनते जाइए—भाषायी शुद्धिकरण में 'चन्ना' के साथ क्या किया गया—शाहनी को शाहपत्नी, जातक को बालक, काके को लल्लू, मनुक्ख को मनुष्य, साकख्यात को साक्षात्, पैड़ियों को सीढ़ियाँ, सयानफ को समझदारी, धम्मान को जचगी, सुखीसान्दी को कुशलता।

'पाठक जी, अगर नागरी प्रचारिणी वाले लल्लूलाल जी ठीक होते तो आज हमारे उपन्यासों में 'आधा गाँव', 'मैला आँचल' जैसी यशस्वी कृतियाँ न होतीं। भाषाएँ दूसरी भाषाओं और बोलियों की टकराहटों से समृद्ध होती हैं।'

'देखिए, भाषाओं पर अब आपका व्याख्यान हम सुन नहीं पाएँगे, हमें कहीं और पहुँचना है।'

पाठक जी सुनिए—'इस भाषा में हमारा योगदान कुछ न हो तो भी हम इसके मुरीद हैं। इसे पढ़ते हैं। पाठक हैं।'

'देखिए, हमें देर हो रही है।'

पाठक जी बिना उठे, बिना क़दम उठाए चन्ना समेत देखते-देखते ग़ायब हो गए। पहले तो हम हक्का-बक्का कमरे को देखते रहे, फिर सोचा यह सब कुछ ख़ामख़याली में ही हो रहा था! हम मन ही मन पाठक जी की अँगुलियों पर मूर्तियों के चमकते नग देखने लगे। अचानक इलाहाबाद की सिविल लाइन के बारनेट होटल में जा पहुँचे। जहाँ गणतंत्र दिवस की पूर्व संध्या पर इलाहाबाद की लेखक बिरादरी जमा थी। पाठक जी, अश्क जी, बलवन्त सिंह, धर्मवीर भारती, कमलेश्वर, भैरवप्रसाद गुप्त, मार्कण्डेय और इलाहाबादी महारथी। पूरा दृश्य दोहराते-दोहराते हमने पाँव अपनी मेज़ पर रख लिए। बारनेट के मालिक दत्ता साहिब नज़र आए। उनका कद, बुत और हँसी—कि खुले दरवाज़े से कोई धड़धड़ाता अन्दर आया, और मेज़ के पास आ खड़ा हुआ।

—कौन?

—मुझे पहचाना नहीं। नक्काल साला। 'यारों के यार' में मेरे बोले हुए फिकरे इस्तेमाल किए। मुझे ओर मेरी ज़ात को बदनाम किया और अब पूछ रहे हो मैं कौन! संवाद में तुमने मुझे ऐसे इस्तेमाल किया जैसे में कोई फूहड़ हूँ। अनपढ़ हूँ। डेरा गाजी ख़ाँ से उर्दू फ़ारसी पढ़ा हुआ हूँ। अब सुनो मेरी बात ध्यान से। उठकर तिजोरी खोलो और पाँच हज़ार नकद दो। 'नयी कहानी' में छापने के लिए।

—हमारी बात सुनिए सूरी उस्ताद, आप तो देख रहे हो न इस कमरे को—कहीं तिजोरी दीख रही है। हैं कहीं आसार कि यहाँ कुछ जमा होगा।

—साले लिखाड़ी मेरे हाथों से तू नहीं बचेगा। वकील से पूछ कर आया हूँ। तुम पर मेरी हत्तक का मानहानि का मुक़द्दमा दायर किया जा सकता है। करूँगा।

गाली-गलौज के बाद सूरी ने बलगम थूकी, गला साफ़ किया और बड़बड़ाया—न बन्दा काम का और न यह लिखने का धन्धा काम का।

—सूरी साहिब, एक प्याला चाय तो हो जाए, आइए। सूरी ने गर्म-गर्म चाय की चुस्की भरी और हम पर गहरी नज़र घुमाकर कहा—अबे, माथे के ठंडे तेवर तो देख। अपने को एक साथ अपना बाप समझने की अदा पाले हुए है। ख़ुद पर ही फिदा है कि मैं ख़ुद ही अपना बाप हूँ और ख़ुद ही अपना बेटा।

तबीयत बेकार कर दी।

जिस रचना को शुरू होना था उसका संयोग बनते-बनते रह गया। काग़ज़ों के बिखरते ही फाइल पलट गई और दिल-दिमाग़ की जुगलबन्दी कमरे की खिड़की से बाहर हो गई। इस कमरे का भी अपना मूड है। इसकी दीवानगी, इसकी वीरानगी, ख़ामोशी और काग़ज़ों का आपसी कोलाहल, सूनापन और सन्नाटा, काग़ज़ों की उम्मीद भरी ख़ामोशी—मासूम-सी लगती क़लम की शीशी, पहली पंक्ति के अलिखित को उकसाती किसी अनजान मंजिल की ओर संयम से—खिड़की के पट खुले रह गए होंगे। बन्द करना चाहा बाहर झाँका तो जैसे किसी पेंटिंग का इनलार्जमेंट देख लिया हो। 'वाक्-वे' पर चढ़ी बेल अपनी रौ में झूम रही है और ऊपर आसमान में चाँद-तारे चमक रहे हैं। हम पैदा हुए होंगे इस नसीहत के साथ कि अपने कमरे में रहो मज़बूत पुख़्ता। मगर दूसरों को भी अपने से कम न समझना। किसी के इतने नज़दीक भी न जाना कि तुम्हारी सोच नोच ले, इतनी दूर भी नहीं कि अनजाने में ही पहचान खोंस ले। पहचान के भी अनेक रंग हैं—निज की पहचान। एक वह परायी पहचान भी जो हमारी कमियों को चीन्हती है।

इन सब पहचानों से अलग और आगे वह पहचान भी जो इस कमरे से उदय हो पंक्तियों के पीछे से उभरती है और सर्जनात्मकता के साथ नत्थी हो जाती है।

परिशिष्ट

'ज़िन्दगीनामा' मुक़दमे से जुड़े तथ्य

1. मेरे उपन्यास 'ज़िन्दगीनामा' के शीर्षक के अधिग्रहण को लेकर श्रीमती अमृता प्रीतम और उनके तीन प्रकाशकों के बीच उच्च न्यायालय में मुक़दमा चल रहा है। मैं लेखक बिरादरी की ही एक इकाई हूँ, इसलिए मेरा फ़र्ज है कि जिस बात को मैंने अभी तक अपने तक ही सीमित रखा उससे आपको भी अवगत करा दूँ। प्रचार-प्रसार के कारण जो भी बदगुमानियाँ पैदा हुई होंगी उनका कुछ तो शमन होगा ही।
2. औपचारिक न्याय प्राप्त करने के लिए मुझे न चाहते हुए भी कचहरी जाना ही पड़ा। न्याय का एक सामाजिक पक्ष भी होता है जिसके लिए व्यक्ति अपने समाज की तरफ़ देखता है। उस न्याय में हार-जीत नहीं होती, सही मानसिकता बनती है। मैं चाहती हूँ, मेरे समकालीन रचनाकार-बन्धु और बुद्धिजीवी इस घटना को उस कसौटी पर भी कसें क्योंकि मेरे विचार से रचनाकार की अस्मिता और आधारभूत ईमानदारी के कई पक्ष इससे साफ़ होंगे। यह समस्या हर उस क़लमसाज़ के सामने कभी भी आ सकती है जो क़लम का इस्तेमाल करता है और अपनी कृतियों को पाठकों तक पहुँचाने की जुस्तजू करता है।
3. मुझे अपने तईं इस बात का सन्तोष है कि मैंने एक लेखक द्वारा

दूसरे लेखक पर की गई ज़्यादती के विरुद्ध न्यायिक कार्यवाही की। कोई भी लेखक जब किसी सैद्धान्तिक अनाचार के लिए किसी दूसरे लेखक पर अभियोग लगाने का निर्णय करता है तो वह गहरे तक यह भी जानता है कि जिस आचार-संहिता के नाम पर वह दूसरे को अतिक्रमण के लिए चैलेंज कर रहा है, वह स्वयं उस पर भी लागू होती है। अधिकार का अतिक्रमण चाहे लेखक करें या प्रकाशक, उसका सामान्य रूप से विरोध किया जाना ज़रूरी है। लेखक की रचनात्मकता ही ऐसी संवेदना होती है जो ज़्यादती के विरुद्ध खड़ा होने की सामर्थ्य और प्रेरणा देती है। क़ानून और इंसाफ़ में फ़ासला कितना ही बड़ा क्यों न हो, भारत का नागरिक होने के नाते संविधान द्वारा मिले अपने अधिकारों की रक्षा मैं क्यों न करूँ, यह बात लेखक होने के नाते मेरी समझ के बाहर है। लेखक बिरादरी को यह बात जान लेने का अधिकार है कि किन परिस्थितियों में विवश होकर एक लेखक को उच्च न्यायालय का द्वार खटखटाना पड़ा। अमृताजी द्वारा 'ज़िन्दगीनामा' शीर्षक के लिये जाने की घटना के विरुद्ध जानकारी होते ही मैंने सबसे पहले अपने मित्रों को आवाज़ दी थी।

4. भोपाल आवास के दौरान स्टार पब्लिकेशन द्वारा प्रकाशित पत्रिका मूवी-स्टार में प्रकाशित एवं प्रचारित अमृता प्रीतम के एक उपन्यास का विज्ञापन छपा था। मुझे यह पत्रिका हिन्दी के उपन्यासकार श्री मंजूर एहतेशाम ने दी थी। इस विज्ञापन का मज़मून इस प्रकार है : 'ज़िन्दगीनामा' अमृता प्रीतम का नया नावेल। ज़िन्दगी की हक़ीक़तों को उजागर करनेवाला, क़ीमत—6 रुपया।

5. अगर आप 'अमृता प्रीतम' नाम हटा दें तो क्या यह इबारत मेरे उपन्यास पर लागू नहीं होगी? मैंने ठंडे दिल से और गहराई से इस प्रश्न पर बार-बार सोचा। उपन्यास का शीर्षक मेरा है और लेखक की जगह 'अमृता प्रीतम' छपा है। विचार किया ही नहीं, कराया भी। उपन्यास के शीर्षक के रूप में 'ज़िन्दगीनामा' (प्रकाशनकाल 1979) शब्द का सबसे पहले मैंने ही इस्तेमाल किया। अमृता के उपन्यास को पढ़कर

यह जाना जा सकता है कि हरदत्त की ज़िन्दगी का इन्कलाब दरअसल कैसा है? अपने उपन्यास 'ज़िन्दगीनामा' का लेखक होने के नाते यह स्थिति मेरे लिए असहनीय थी—दुखद भी। आप होते तो आपके लिए भी होती।

6. मेरे लिए यह बात इसलिए भी कष्टकर है क्योंकि मैंने 'ज़िन्दगीनामा' को तीन भागों में फैलाया और बिछाया है। 'ज़िन्दगीनामा' के पहले संस्करण की जैकेट पर 'ज़िन्दगीनामा-2' 'इन्कलाब ज़िन्दाबाद' के नाम से विज्ञापित हो चुका था। मेरे इस उपन्यास में जिस ज़िन्दगी की हक़ीक़त है, वह वास्तव में ज़िन्दगी भी है और हक़ीक़त भी।
7. भोपाल से लौटकर श्रीमती अमृता प्रीतम के तथाकथित 'ज़िन्दगीनामा' उपन्यास का उर्दू में छपा पॉकेट बुक संस्करण देखा और ख़रीदा। उसमें कुछ नई बातें नज़र आईं। मुखपृष्ठ पर बहुत छोटे अक्षरों में 'हरदत्त' और लगभग पूरे पृष्ठ पर 'ज़िन्दगीनामा' छपा था। ज्ञानपीठ पुरस्कार से पुरस्कृत लेखिका अमृता प्रीतम का नाम लेखक के स्थान पर था। अन्दर कॉपीराइट की सूचना इस प्रकार थी :

ज़िन्दगीनामा (नावेल)

अमृता प्रीतम

8. मैंने इस बात की सूचना अपनी प्रकाशक श्रीमती शीला सन्धू को दी। अपने स्तर पर की गई पूछताछ के बाद उन्होंने इतना ही कहा कि अमृता प्रीतम के उपन्यास का नाम 'हरदत्त का ज़िन्दगीनामा' है। चूँकि मैं उसी किताब को केवल 'ज़िन्दगीनामा' के नाम से प्रकाशित देख चुकी थी अत: मुझको श्रीमती शीला सन्धू की इस बात से सन्तोष नहीं हुआ। तकलीफ़ ही हुई। दिल में एक सलवट-सी महसूस हुई।
9. साहित्य और साहित्यकार, दोनों मौलिक रचनाओं की पहचान कराते हैं। शीर्षक भी इसलिए अलग-अलग होते हैं। वही रचना की अभिस्थापना की सुरक्षा करते हैं। प्रकाशन के बाद टाइटिल या शीर्षक

से ही पुस्तक को समग्रता मिलती है। स्वत्व प्राप्त होता है। साहित्य की यही परम्परा है।

10. रचना के प्रकाशन के बाद, पुस्तक या रचना पाठक से भी शीर्षक के माध्यम से ही जुड़ती है। कोई भी पांडुलिपि तब तक सम्पूर्णता प्राप्त नहीं करती जब तक कोई नाम नहीं ग्रहण कर लेती। 'विनयपत्रिका' का जब भी उल्लेख होगा, सबसे पहले तुलसीदास का नाम ही सामने आएगा। उलटकर कहें तो तुलसीदास का नाम आते ही 'रामचरितमानस', 'विनयपत्रिका' आदि सामने आएँगी। रचनाकार अपनी रचनाओं या पुस्तकों के शीर्षकों से जाने जाते हैं। समय के साथ-साथ रचनाओं के शीर्षक ही रचनाकार के पर्याय हो जाते हैं। एक-दूसरे के अस्तित्व को बनाए रखनेवाले ये नाम ही हैं। पुस्तक-प्रकाशन शीर्षक का सामाजिक पंजीकरण ही है। रचनाकार और रचना के लिए उसकी बनती हुई पहचान में हस्तक्षेप करने का मतलब लेखक के भविष्य के साथ खिलवाड़ है।

वैसे भी पुस्तक के प्रकाशन के बाद उसका शीर्षक और उसमें छपी सामग्री सामान्य जानकारी के लिए क़ानूनी रूप से प्रकाशित उद्घोषणा का स्वरूप ले लेती है। दूसरी तरफ़ पुस्तक का शीर्षक भी पुस्तक पर बननेवाले कापीराइट का अंश है। पुस्तक के शीर्षक से ही 'कॉपीराइट' निर्धारित होता है।

11. दरअसल शीर्षक की इस लूटखसोट और अतिक्रमण ने मेरे सम्पूर्ण लेखकीय सत्व को उलट-पुलट कर दिया। लेखन की मेरी तरतीब को बिखरा दिया। फ़ोन पर अमृताजी से बात भी की। मूवी-स्टार पत्रिका में प्रकाशित विज्ञापन की ओर आकर्षित करके यह भी कहा कि वे अपने प्रकाशक को ऐसा करने से रोकें। उत्तर में उन्होंने भी इतना ही कहा कि मेरे उपन्यास का नाम 'हरदत्त का ज़िन्दगीनामा' है। मैंने फिर दोहराया कि "मेरे उपन्यास 'ज़िन्दगीनामा' नाम से आपके उपन्यास का विज्ञापन न निकलना चाहिए। मेरा उपन्यास तीन खंडों में...।" उन्होंने मेरी बात पूरी हुए बिना अपना फ़ोन रख दिया। एक

लेखक दूसरे लेखक से किस प्रकार बात करता है यह बात तो अलग है। फ़ोन पर बात करने की उनकी यह अदा मुझे अनोखी ही लगी। अपने ख़िलाफ़ एक साथी लेखक की जायज़ शिकायत को सुनने तक का धैर्य उनमें नज़र नहीं आया। स्वाभाविक है, यह मेरे लिए भी उतना ही बड़ा हादसा था जितना वह किसी भी लेखक के लिए हो सकता है।

12. फ़ोन पर हुई अधूरी बातचीत के बाद ज़रूरी था कि मैं अपने प्रकाशक से ही बात करती। अमृता जी की इस पुस्तक का अनुवाद हिन्दी और पंजाबी में हो चुका था। सूर्य पत्रिका में भी क़ैदी नं. 666 शीर्षक से कुछ अंश प्रकाशित हुए थे। अपने प्रकाशक को यह बात बता देना भी मुझे ज़रूरी लगा। मेरा विचार था कि मेरे उपन्यास 'ज़िन्दगीनामा' के प्रकाशक के नाते उन्हें अमृताजी की पुस्तक के प्रकाशक को ऐसा करने से रोकना चाहिए था।

मैं उस समय 'ज़िन्दगीनामा' का दूसरा भाग 'इन्कलाब ज़िन्दाबाद' लिखने की मानसिकता में थी। जहाँ मेरा यह फ़र्ज़ था कि मैं अपने उपन्यास के शीर्षक के दुरुपयोग को रोकूँ, वहाँ मेरे प्रकाशक का फ़र्ज़ भी था कि इस झमेले को आगे न बढ़ने दें और दूसरे प्रकाशक से बातचीत करके उसका हल निकालें। श्रीमती सन्धू ने भी यही सलाह दी कि क्योंकि अमृताजी इस शीर्षक को उठा चुकी हैं और किताब बिक रही है इसलिए मुझे उसे नज़रअन्दाज़ करके अगले भाग की तैयारी में जुट जाना चाहिए। मुझे लगा कि लेखक छापाखाना नहीं हुआ करता कि चाहे कुछ हो जाए, वह मशीन की तरह लिखने में जुटा रहे।

मैं स्वीकार करती हूँ कि मेरे लिए यह घटना असहनीय हो उठी थी। मैं अपने मिज़ाज को अच्छी तरह जानती हूँ। मेरा सृजन पक्ष बहुत देर में जगता है। इस तरह कि कोई भी विघ्न-बाधा उसके लिए ख़तरा बन जाती है। 'ज़िन्दगीनामा' के दूसरे भाग में जुट जाने के लिए ही मैंने 'सम्पादिका-प्रौढ़ साहित्य' पद से इस्तीफ़ा दे दिया था। मैं चाहती थी

कि ज़िन्दगी के इस मोड़ पर अपना यह काम निबटा सकी तो वही अपनी जमा-पूँजी होगी। शीर्षक-अतिक्रमण की घटना ने मेरे अन्दर एक अजीब दहशत भर दी थी और मुझे लगा कि 'ज़िन्दगीनामा' हमेशा के लिए ज़ख़्मी हो गया। मेरी मेज़ पर फैले काग़ज़-पत्रों को देखने से मुझे यही लगता था कि शायद 'ज़िन्दगीनामा' की आकस्मिक मृत्यु हो चुकी है।

13. मेरे प्रकाशक, मेरे दोस्त और मेरे पाठक जानते हैं कि मैंने अपना 'चन्ना' उपन्यास चार सौ पृष्ठ छप जाने के बाद भारती भंडार, इलाहाबाद से इसलिए वापस ले लिया था क्योंकि उन्होंने मुझसे बिना पूछे उसमें कुछ परिवर्तन किए थे, जो मुझे मान्य नहीं थे। स्व. श्री वाचस्पति पाठक ने मेरे दृष्टिकोण को भरसक समझने की कोशिश की। फिर मेरे सुझाव पर ही यह तय हुआ कि छपे हुए पृष्ठों के मूल्य का भार मैं अपने ऊपर ले लूँगी। क्योंकि उपन्यास न छपवाने का और छपे हुए पृष्ठों को वापस ले लेने का निर्णय मेरा ही था। मैं अपनी मान्यताओं की अपने स्वभाव के अनुरूप भरसक सुरक्षा करने की कोशिश करती हूँ। हालाँकि 'चन्ना' उपन्यास को वापस करते समय भारती भंडार ने यह प्रस्ताव रखा था कि वे उसे दिल्ली के 'नवीन प्रेस' में, मेरी ही देख-रेख में मुद्रित कराने के लिए तैयार हैं। परन्तु मुझे लगा कि उस उपन्यास को दुबारा देख लिया जाना चाहिए। यह बात मैंने इसलिए कही कि मैं साधारणतया छोटी-छोटी लाभ-हानि के स्वार्थों के लिए अपनी सोच को अपने आपसे अलग करने के लिए कभी तैयार नहीं होती। आशा है, इस घटना से मेरे दोस्तों को मेरे लेखन के विषय में प्राथमिकताएँ स्पष्ट हो जाएँगी।

14. मैंने अपनी प्रकाशक श्रीमती शीला सन्धू को पुन: अमृताजी के साथ टेलीफ़ोन पर हुई बात सिलसिलेवार बताई और अपनी चिन्ता से अवगत कराया। मुझे लगा कि वे इस प्रसंग को उस रूप में नहीं लेतीं जिस रूप में मैं ले रही हूँ। मैंने इसे इस प्रकार अपने तक पहुँचाया कि अगर श्रीमती सन्धू राजकमल से प्रकाशित होनेवाले दो लेखकों के बीच

इस तरह की तटस्थता बरतती हैं तो यह उनका अधिकार है। हालाँकि सही यह भी है कि प्रकाशक और लेखक के बीच सद्भाव, मैत्री या अपनापन उसके यहाँ से प्रकाशित होनेवाली रचनाओं के द्वारा ही जुड़ता है। लेखक और प्रकाशक के बीच भले ही एक-दूसरे के क़रीब आने के बहाने और भी क्यों न हों। मैं यहाँ यह स्वीकार करना चाहूँगी कि मैंने श्रीमती शीला सन्धू के बार-बार उकसाने पर ही 'चन्ना' को दुबारा लिखकर 'ज़िन्दगीनामा' के रूप में प्रस्तुत किया। मेरे आग्रह पर राजकमल प्रकाशन ने स्टार-बुक पब्लिकेशन को नोटिस भी भेजा। उसके उत्तर में उन्होंने राजकमल को सूचित किया कि 'तथाकथित' लेखिका कृष्णा सोबती द्वारा लिखे गए 'ज़िन्दगीनामा' की उन्हें कोई जानकारी नहीं। दिलचस्प होगा यह जानना कि स्टार बुक पब्लिकेशन और उन्हीं की संस्था हिन्दी बुक सेन्टर में हिन्दी में प्रकाशित सभी प्रमुख प्रकाशकों की पुस्तकें मिलती हैं।

साहित्य अकादमी के पुरस्कार के समय इस पुस्तक का प्रचार देश के सभी प्रचार माध्यमों ने किया था। मेरी कृति 'ज़िन्दगीनामा' साहित्य अकादमी द्वारा पुरस्कृत हो चुकी थी—पंजाब के भाषा विभाग द्वारा भी और पंजाबी विश्वविद्यालय द्वारा किया गया 'ज़िन्दगीनामा' का पंजाबी अनुवाद भी प्रकाशित हो चुका था। साहित्य अकादमी द्वारा पुरस्कृत होनेवाली कोई भी कृति अन्य भारतीय भाषाओं में भी अनूदित होती ही है। आलोचकों, समीक्षकों और पाठकों के निकट 'ज़िन्दगीनामा' मेरे लेखन का अभिन्न अंग बन चुकी है और लोक-मानस में मेरी पहचान के साथ जुड़ी हुई है। इस पर भी मेरे प्रकाशक की भी यही राय बनती थी कि जो कुछ हो चुका है या कर लिया गया है अब उसे नज़रअन्दाज़ करना ही ठीक होगा, वरना नुक़सान सिर्फ़ 'ज़िन्दगीनामा' का ही होगा। 'ज़िन्दगीनामा' जैसी मान्यताप्राप्त कृति के शीर्षक का एक जानी-मानी ज्ञानपीठ पुरस्कार से पुरस्कृत कवयित्री द्वारा अधिग्रहण कर लिये जाने से उसकी साहित्यिक गरिमा, ख्याति और बिक्री पर प्रभाव पड़ना स्वाभाविक ही था।

15. मैंने अपने प्रकाशक और अन्य मित्रों की बात पर पुन: गहराई से ग़ौर किया। अमृताजी के उपन्यास को पुन: पढ़ा। विधा और शिल्प से जुड़ी शीर्षक की प्रासंगिकता को भी आँका। शीर्षकों के विकल्प पर विचार किया। उस उपन्यास का नाम 'हरदत्तनामा' हो सकता है या 'हरदत्त का ज़िन्दगीनामा' या सिर्फ़ 'ज़िन्दगीनामा'? मेरी पुस्तक 'ज़िन्दगीनामा' पहले ही साहित्य अकादमी द्वारा सम्मानित हो चुकी थी। लोकमानस में जुड़े प्रतिबिम्ब के रूप में वह मेरे पाठकों के पास लगातार मौजूद थी। उसके दूसरे खंड का विज्ञापन भी उसके पहले मुद्रण के कवर पर छपा था। मैं दूसरे खंड के लिखने की प्रक्रिया में थी। इस सन्दर्भ में मेरे सामने बार-बार यही प्रश्न आता है कि अगर कोई लेखक व्यवस्था से जुड़ा हो और उसकी पहुँच शक्ति के गलियारों तक हो तो क्या उसके ग़लत क़दम को भी ठीक समझ लिया जाना चाहिए। क्या उसकी स्वेच्छाचारिता के विरुद्ध उँगली नहीं उठाई जा सकती? स्वेच्छाचार जब दूसरे के अधिकार का अतिक्रमण करने लगता है तो वह अनाचार हो जाता है। फिर कोई लेखक उससे आत्मघाती समझौता क्यों करे? दिलचस्प होगा यह आपके लिए जानना कि 'ज़िन्दगीनामा' की लूट-खसोट के इस मामले में बिलकुल यही तरकीब और तरतीबें इस्तेमाल की गई हैं जो ग़ैर-साहित्यिक हैं। अमृताजी का कहना है कि उन्हें 'ज़िन्दगीनामा' के प्रकाशित अथवा पुरस्कृत होने की कोई जानकारी न थी। असंगत न होगा आप तक यह पहुँचा देना कि ज्ञानपीठ पुरस्कार मिलने के बाद 'दिनमान' पत्रिका में अपने इन्टरव्यू में अमृताजी ने 'ज़िन्दगीनामा' के ज़िक्र पर बाक़ायदा अपने विचार व्यक्त किए थे।

देश-भर में हम जैसे बहुत लेखक हैं जिन पर सत्ता और व्यवस्था के नाम पर ग़लत कामों को सही करार देने की ज़ोर-जबर्दस्ती की जाती है। बल्कि ग़लत बातों को सही होने का जामा तक पहना दिया जाता है। जहाँ भी लेखक हैं वहाँ पुस्तकें हैं। यही उसकी दुनिया है। सभी लेखकों से एक प्रकार के नैतिक आचरण की अपेक्षा की जाती

है। परम्पराएँ आपसी व्यवहार की निर्मलता पर आधारित होती हैं। हम लेखकों पर इस बात की ज़िम्मेदारी और भी अधिक है। 'ज़िन्दगीनामा' का पहला भाग सिलसिलेवार अंक माला के रूप में प्रकाशित हुआ है। 'ज़िन्दगीनामा' के कवर-पृष्ठ पर 'ज़िन्दगीनामा', 'इन्कलाब ज़िन्दाबाद' की विज्ञप्ति थी। लेकिन 'ज़िन्दगीनामा' नाम से (जो बाद में 'हरदत्त का ज़िन्दगीनामा' के रूप में आया) इस नाम की पुनरावृत्ति से 'ज़िन्दगीनामा' के शेष दो खंडों की योजना तो अस्त-व्यस्त हुई है। बल्कि की गई है। यह व्यवहार किसी भी साहित्यिक आचरण के अनुकूल नहीं है। अपनी पुस्तक का शीर्षक रखने से पूर्व हर रचनाकार यह जानने की कोशिश करता है कि उसके द्वारा सोचे गए नाम की कोई और रचना तो नहीं है। जैसे पहले भी कहा जा चुका है कि 'ज़िन्दगीनामा' को साहित्य अकादमी द्वारा सम्मानित किए जाने की घोषणा तो सभी प्रचार माध्यमों से की गई थी। इसके अलावा प्रकाशन के पूर्व और बाद में पुस्तक का विज्ञापन छपता रहा था और किताब बिकती रही थी। आप सहमत होंगे कि आज 'शीर्षक' पर नौबत आई; कल पुस्तकों में निहित सामग्री पर नौबत आएगी। अगर शीर्षक लिया जा सकता है तो दूसरे लेखकों की सामग्री की भी चोरी सम्भव है। अगर शीर्षक के सन्दर्भ में लेखक समाज सुरक्षित नहीं तो सामग्री के सन्दर्भ में कैसे होगा ? कापीराइट क़ानून के अन्तर्गत अगर पुस्तक की सामग्री चुराना जुर्म है तो शीर्षक लेना क्यों नहीं है? दोनों ही स्थितियों में नैतिक और क़ानूनी नियमों का उल्लंघन है।

मैं अपनी साहित्यिक हैसियत के मुताबिक़ अपनी इस छोटी-सी पूँजी की रक्षा करने के लिए अपने को प्रतिबद्ध मानती हूँ। कर पाऊँगी या नहीं, यह अलग बात है। और भी किसी के शीर्षक का अतिक्रमण क्या इस आधार पर किया जाना चाहिए कि पहले भी दूसरे शीर्षकों के अधिग्रहण और अतिक्रमण होते रहे हैं? उन्हें अनदेखा करने के अपने कारण रहे होंगे। लेकिन इस ग़लत परम्परा का कहीं तो अन्त होना चाहिए।

16. इस पूरे विवाद को मैं बातचीत से सुलझाना चाहती थी। भरसक कोशिश भी की। मेरा सिर्फ़ एक ही आग्रह था और है कि अमृताजी अपनी पुस्तक का नाम 'हरदत्त का ज़िन्दगीनामा' की जगह 'हरदत्तनामा' रख लें। इससे सारी समस्या ढंग से सुलझ जाएगी। हरदत्त की इन्कलाबी ज़िन्दगी की भी, अमृता की भी और मेरी भी। अगर मेरे ऐतराज पर अमृताजी ने अपने प्रकाशक को इस बारे में एक पत्र भी लिखकर यह सलाह दी होती तो हाईकोर्ट पहुँचने की स्थिति न आती।

इसके बरक्स एक लेखक होते हुए भी वे अपनी सामर्थ्य, प्रभावशाली सम्बन्धों के ज़ोर में अपने आपको और अपने काम को न्यायोचित ठहराने के चक्कर में उपन्यास को जीवनी और जीवनी को उपन्यास बनाने में लगी रही हैं।

जिन्होंने इस उपन्यास को पढ़ा है वे इस बात को जानते हैं कि 'ज़िन्दगीनामा' मेरी जीवनी नहीं है। इसमें पंजाब की 1900 से 1914 तक की सामाजिक ज़िन्दगी का ब्यौरा है।

फिर हरदत्त नाम क्यों नहीं? जबकि 'ज़िन्दगीनामा' पहले से प्रकाशित है? जैसा कि मैंने कहा कि यह मेरा 'ज़िन्दगीनामा' नहीं बल्कि खेतिहर संस्कृति के पीर ख़्वाजा ख़िजर दरियाओं के रूप में ज़िन्दगी के पीर हैं, उन्हीं से जुड़ी ज़िन्दगी का नामा यह ज़िन्दगीनामा है।

17. इतनी रचनाएँ हिन्दी और अन्य भाषाओं में छपी हैं। लेकिन क्या उन रचनाओं के नाम के आगे या पीछे कुछ जोड़कर या घटाकर उनके शीर्षकों को अपने इस्तेमाल में लाया जा सकता है? स्वयं अमृताजी की पुस्तक 'रसीदी टिकट' नाम को उसके पहले 'कटा' या 'मेरा' या इसी तरह का कोई विशेषण लगाकर इस्तेमाल करना क्या उचित होगा ? यदि अमृताजी इस तरह के प्रश्नों का उत्तर अपने अन्दर खोजतीं तो उन्हें मेरी पीड़ा का अहसास हो सकता था। मेरे विरुद्ध लगातार यह उछाला जा रहा है कि मैं 'ज़िन्दगीनामा' पर अपना क़ानूनी अधिकार जता रही हूँ। मेरी शिकायत और तकलीफ़ दूसरी है। जिस 'ज़िन्दगीनामा' को मैंने तीन खंडों में निकालने की योजना बनाई और

घोषणा की, उसकी बड़े नियोजित ढंग से हत्या कर दी गई है। जिस नाम को हिन्दी साहित्य में मैंने पहली बार एक अंचल की बृहदता से जोड़कर एक नया अर्थ देने की कोशिश की उसे इतना सीमित करके रख दिया गया कि उसे देखकर मेरी रूह काँपती है। जिस शीर्षक को मैंने बृहद सन्दर्भों में पंजाब के जीवन के पर्याय के रूप में अपनी सामर्थ्य और आस्था के अनुसार ढाला है उसी शीर्षक को सीमित अर्थों में बाँधकर, उसकी बृहदता को समाप्त करने पर उतारू हैं। मैंने अपनी रचनात्मकता के प्रतीक 'ज़िन्दगीनामा' शीर्षक के लिए जो क़ानूनी संरक्षण चाहा है वह इस प्रकार है :

"मेरी कृति 'ज़िन्दगीनामा' का नाम 'लोकमानस' में—सुरक्षित करें।"

मेरे पास लेखक के रूप में केवल आठ पुस्तकों की दौलत है। मैंने अनेक दबावों के बावजूद अपने लेखन से किसी तरह की छेड़छाड़ करने की कोशिश नहीं की। यह मेरे लिए न एक हॉबी है और न मानसिक अय्याशी। समग्रता में अपने व्यक्तित्व की पहचान है। मैं अपनी इस पहचान के साथ किसी दूसरे का खिलवाड़ सहन नहीं कर सकती। किसी लेखक को अपनी ताक़त और प्रभावशाली सम्बन्धों के ज़ोम में दूसरे लेखक को सामान्य और साधारण मानकर उसकी हक़तलफ़ी करना ज़ेब नहीं देता। सत्ता में ऐसा होता है मगर साहित्य में नहीं होना चाहिए। सत्ता किसी की नहीं होती। ख़ासकर लेखक की तो बिल्कुल नहीं। हाँ, लेखकीय मूल्य ज़रूर लेखक के साथ रहते हैं और हमेशा रहते हैं। सत्ता का सहारा लेनेवाले लोग जब भी लेखक की स्वायत्तता को ललकारते हैं तो लेखक का दायित्व हो जाता है कि उसके ख़तरों को समझते हुए भी उनका सामना करें। ज़िस रचना को मैंने समय, त्याग और अपनी सम्पूर्ण आत्मीयता से सँवारा है उसके हितों की सुरक्षा मेरा पहला कर्तव्य है।

दोस्तो, शायद आप न जानते हों कि मेरी साधारणता और साहित्यिक हैसियत की ओर बार-बार इशारा करके यह कहकर

धमकाया गया है कि जिसकी ग़लती पर तुम उँगली उठा रही हो उसके हाथ बहुत बड़े हैं। मैं पूछती हूँ क्या ईश्वर से बड़े? हमारा ईश्वर हमारा विश्वास है जिसके सहारे हम बड़े-से-बड़ा ख़तरा उठाने में भी गुरेज़ नहीं करते।

मैं आपको आश्वस्त करती हूँ कि क़ानून और न्याय के बीच का फ़ासला कितना भी लम्बा क्यों न हो, मैं इस फ़ासले को नापने की पूरी कोशिश करूँगी। किसी भी स्वाभिमानी लेखक के लिए हार-जीत का सवाल महत्त्वपूर्ण नहीं। सवाल अपने को पहचानने और अपनी इच्छा-शक्ति को परखने का है। उन लोगों का सामना करने का है जो अस्तित्व को लील जाने की गरज़ से अपने साधनों का प्रयोग करके दूसरों की बौद्धिक सम्पदा को समेट देने का सपना सँजोए बैठे हैं। मैं अपने लोकतंत्र और न्याय में आस्था रखती हूँ। आप सबकी बेलौस राय मेरे लिए उसी लोकतंत्र का प्रतीक है। निष्पक्ष निर्णय हो सकता है, इस तरह के अतिक्रमणों के बारे में एक नज़ीर बन जाए तथा भविष्य के लिए सामान्य लेखक के अधिकारों की सुरक्षा के लिए शक्तिशाली लेखकों की इस प्रवृत्ति के सामने दीवार बनकर खड़ी हो जाए। अगर नहीं, तो कम-से-कम एक सामान्य लेखक का सामर्थ्य-भर संघर्ष एक छोटी-मोटी लीक तो डालेगा ही।

हमें एक-दूसरे के लिए यही प्रार्थना करनी चाहिए—

तू चोरी मत कर।

✪✪✪